Wie gesichert die Ordnung einer Ehe auch sei, sie hat sich, herausgefordert durch Gedanken etwa an Abenteuer, Freiheit und Gefahr, zu erweisen. Der Reiz von etwas ganz anderem, außerhalb ihrer Liegenden, gedanklich Ungetreuen, will, wenn er sich einstellt, erfahren sein: in traumhafter Wirklichkeit, zumindest in wirklichkeitsnahem Traum. Schnitzler erzählt dies in seiner unvergleichlichen Novelle von Fridolin und Albertine. Faszinierend schildert er in strenger Gliederung das parallele, stark erotisch bestimmte Erleben des Paares in einer Nacht: er ließ sich auf mysteriöse Weise in eine orgiastische Gesellschaft führen – sie ist in die Erregung eines unvergleichbaren Traumes geglitten. Die Fremde, die Fridolin in dieser leidenschaftlichen Nacht kennenlernt, opfert sich für ihn, weil in dieser bacchantischen Runde jeder Uneingeweihte, der sich hineinbegibt, zum Tode verurteilt ist; Albertine gibt sich im Traum einem eher zufälligen Bekannten hin und sieht ruhig zu, wie ihr Mann für seine Treue zu ihr sich kreuzigen läßt. Fridolin erkennt, als sie ihm dies erzählt, in der Fremden seine eigene Frau. Der Knoten löst sich: die scheinbar voneinander unabhängige Versuchung des Mannes wie der Frau haben sich in Traumrealität entladen. Der Weg zueinander ist wieder frei durch die Erkenntnis der Gefahr, einander in der Gemeinschaft zu verlieren. Als Fridolin, noch unsicher, fragt: »Weißt du das auch ganz gewiß?«, spricht Albertine es aus: »So gewiß, als ich ahne, daß die Wirklichkeit einer Nacht, ja daß nicht einmal die eines ganzen Menschenlebens zugleich auch seine innerste Wahrheit bedeutet.«

Arthur Schnitzler wurde am 15. Mai 1862 in Wien geboren. Noch bevor er auf das Akademische Gymnasium kam, als Neunjähriger, versuchte er, seine ersten Dramen zu schreiben. Nach dem Abitur studierte er Medizin, wurde 1885 Aspirant und Sekundararzt; 1888 bis 1893 war er Assistent seines Vaters in der Allgemeinen Poliklinik in Wien; nach dessen Tod eröffnete er eine Privatpraxis. 1886 die ersten Veröffentlichungen in Zeitschriften, 1888 das erste Bühnenmanuskript, 1893 die erste Uraufführung, 1895 das erste Buch, die Erzählung ›Sterben‹ bei S. Fischer in Berlin. Beginn lebenslanger Freundschaften mit Hugo von Hofmannsthal, Felix Salten, Richard Beer-Hofmann und Herman Bahr. Das dramatische und das erzählerische Werk entstehen parallel. Stets bildet der einzelne Mensch, die individuelle Gestalt »in ihrem Egoismus oder ihrer Hingabe, ihrer Bindungslosigkeit oder Opferbereitschaft, in ihrer Wahrhaftigkeit oder Verlogenheit« (Reinhard Urbach), den Mittelpunkt seiner durchweg im Wien der Jahrhundertwende angesiedelten Stoffe. Arthur Schnitzler hat, von Reisen abgesehen, seine Geburtsstadt nie verlassen; am 21. Oktober 1931 ist er dort gestorben.

Unsere Adresse im Internet: www.fischer-tb.de

Arthur Schnitzler
Das erzählerische Werk

In chronologischer Ordnung

Arthur Schnitzler
Traumnovelle
1925

Fischer
Taschenbuch
Verlag

13. Auflage: Januar 2000

Ungekürzte, nach den ersten Buchausgaben durchgesehene Ausgabe
Veröffentlicht im Fischer Taschenbuch Verlag GmbH,
Frankfurt am Main, Februar 1992

Lizenzausgabe mit Genehmigung
des S. Fischer Verlags GmbH, Frankfurt am Main
© S. Fischer Verlag GmbH, Frankfurt am Main 1961
Gesamtherstellung: Clausen & Bosse, Leck
Printed in Germany
ISBN 3-596-29410-X

»Vierundzwanzig braune Sklaven ruderten die prächtige Ga-
leere, die den Prinzen Amgiad zu dem Palast des Kalifen bringen
sollte. Der Prinz aber, in seinen Purpurmantel gehüllt, lag allein
auf dem Verdeck unter dem dunkelblauen, sternbesäten Nacht-
himmel, und sein Blick –«

Bis hierher hatte die Kleine laut gelesen; jetzt, beinahe plötzlich, fielen ihr die Augen zu. Die Eltern sahen einander lächelnd
an, Fridolin beugte sich zu ihr nieder, küßte sie auf das blonde
Haar und klappte das Buch zu, das auf dem noch nicht abge-
räumten Tische lag. Das Kind sah auf wie ertappt.

»Neun Uhr«, sagte der Vater, »es ist Zeit schlafen zu gehen.«
Und da sich nun auch Albertine zu dem Kind herabgebeugt
hatte, trafen sich die Hände der Eltern auf der geliebten Stirn,
und mit zärtlichem Lächeln, das nun nicht mehr dem Kinde
allein galt, begegneten sich ihre Blicke. Das Fräulein trat ein,
mahnte die Kleine, den Eltern gute Nacht zu sagen; gehorsam
erhob sie sich, reichte Vater und Mutter die Lippen zum Kuß
und ließ sich von dem Fräulein ruhig aus dem Zimmer führen.
Fridolin und Albertine aber, nun allein geblieben unter dem röt-
lichen Schein der Hängelampe, hatten es mit einemmal eilig,
ihre vor dem Abendessen begonnene Unterhaltung über die Erlebnisse auf der gestrigen Redoute wieder aufzunehmen.

Es war in diesem Jahr ihr erstes Ballfest gewesen, an dem sie
gerade noch vor Karnevalschluß teilzunehmen sich entschlossen
hatten. Was Fridolin betraf, so war er gleich beim Eintritt in den
Saal wie ein mit Ungeduld erwarteter Freund von zwei roten
Dominos begrüßt worden, über deren Person er sich nicht klar
zu werden vermochte, obzwar sie über allerlei Geschichten aus
seiner Studenten- und Spitalzeit auffallend genauen Bescheid
wußten. Aus der Loge, in die sie ihn mit verheißungsvoller

Freundlichkeit geladen, hatten sie sich mit dem Versprechen entfernt, sehr bald, und zwar unmaskiert, zurückzukommen, waren aber so lange fortgeblieben, daß er, ungeduldig geworden, vorzog, sich ins Parterre zu begeben, wo er den beiden fragwürdigen Erscheinungen wieder zu begegnen hoffte. So angestrengt er auch umherspähte, nirgends vermochte er sie zu erblicken; statt ihrer aber hing sich unversehens ein anderes weibliches Wesen in seinen Arm: seine Gattin, die sich eben jäh einem Unbekannten entzogen, dessen melancholisch-blasiertes Wesen und fremdländischer, anscheinend polnischer Akzent sie anfangs bestrickt, der sie aber plötzlich durch ein unerwartet hingeworfenes, häßlichfreches Wort verletzt, ja erschreckt hatte. Und so saßen Mann und Frau, im Grunde froh, einem enttäuschend banalen Maskenspiel entronnen zu sein, bald wie zwei Liebende, unter andern verliebten Paaren, im Büfettraum bei Austern und Champagner, plauderten sich vergnügt, als hätten sie eben erst Bekanntschaft miteinander geschlossen, in eine Komödie der Galanterie, des Widerstandes, der Verführung und des Gewährens hinein; und nach einer raschen Wagenfahrt durch die weiße Winternacht sanken sie einander daheim zu einem schon lange Zeit nicht mehr so heiß erlebten Liebesglück in die Arme. Ein grauer Morgen weckte sie allzubald. Den Gatten forderte sein Beruf schon in früher Stunde an die Betten seiner Kranken; Hausfrau- und Mutterpflichten ließen Albertine kaum länger ruhen. So waren die Stunden nüchtern und vorbestimmt in Alltagspflicht und Arbeit hingegangen, die vergangene Nacht, Anfang wie Ende, war verblaßt; und jetzt erst, da beider Tagewerk vollendet, das Kind schlafen gegangen und von nirgendher eine Störung zu gewärtigen war, stiegen die Schattengestalten von der Redoute, der melancholische Unbekannte und die roten Dominos, wieder zur Wirklichkeit empor; und jene unbeträchtlichen Erlebnisse waren mit einemmal vom trügerischen Scheine versäumter Möglichkeiten zauberhaft und schmerzlich umflossen. Harmlose und doch lauernde Fragen, verschmitzte, doppeldeutige Antworten wechselten hin und her; keinem von beiden entging, daß der andere es an der letzten Aufrichtigkeit fehlen ließ, und so fühlten sich beide zu gelinder Rache aufgelegt. Sie übertrieben das Maß der Anziehung, das von ihren unbekannten Redoutenpartnern auf sie ausgestrahlt hätte, spotteten der eifersüchtigen Regungen, die der andere merken ließ, und leugneten ihre eigenen weg. Doch aus dem leichten Geplauder über die nichtigen Abenteuer der verflossenen Nacht gerieten sie in ein ernsteres Gespräch über jene verborgenen, kaum geahnten Wünsche, die auch in die klarste und reinste Seele trübe und gefährliche Wirbel zu reißen vermögen, und sie redeten von den geheimen Bezirken, nach denen sie kaum Sehnsucht verspürten und wohin der unfaßbare Wind des Schicksals sie doch einmal, und wär's auch nur im Traum, verschlagen könnte. Denn so völlig sie einander in Gefühl und Sinnen angehörten, sie wußten, daß gestern nicht zum erstenmal ein Hauch von Abenteuer, Freiheit und Gefahr sie angerührt; bang, selbstquälerisch, in unlauterer Neugier versuchten sie eines aus dem andern Geständnisse hervorzulocken und, ängstlich näher zusammenrückend, forschte jedes in sich nach irgendeiner Tatsache, so gleichgültig, nach einem Erlebnis, so nichtig es sein mochte, das für das Unsagbare als Ausdruck gelten und dessen aufrichtige Beichte sie vielleicht von einer Spannung und einem Mißtrauen befreien könnte, das allmählich unerträglich zu werden anfing. Albertine, ob sie nun die Ungeduldigere, die Ehrlichere oder die Gütigere von den beiden war, fand zuerst den Mut zu einer offenen Mitteilung; und mit etwas schwankender Stimme fragte sie Fridolin, ob er sich des jungen Mannes erinnere, der im letztverflossenen Sommer am dänischen Strand eines Abends mit zwei Offizieren am benachbarten Tisch gesessen, während des Abendessens ein Telegramm erhalten und sich daraufhin eilig von seinen Freunden verabschiedet hatte.

Fridolin nickte. »Was war's mit dem?« fragte er.

»Ich hatte ihn schon des Morgens gesehen«, erwiderte Albertine, »als er eben mit seiner gelben Handtasche eilig die Hoteltreppe hinanstieg. Er hatte mich flüchtig gemustert, aber erst ein paar Stufen höher blieb er stehen, wandte sich nach mir um, und unsere Blicke mußten sich begegnen. Er lächelte nicht, ja, eher schien mir, daß sein Antlitz sich verdüsterte, und mir erging es wohl ähnlich, denn ich war bewegt wie noch nie. Den ganzen Tag lag ich traumverloren am Strand. Wenn er mich riefe – so meinte ich zu wissen –, ich hätte nicht widerstehen können. Zu allem glaubte ich mich bereit; dich, das Kind, meine Zukunft hinzugeben, glaubte ich mich so gut wie entschlossen, und zugleich – wirst du es verstehen? – warst du mir teurer als je. Gerade an diesem Nachmittag, du mußt dich noch erinnern, fügte es sich, daß wir so vertraut über tausend Dinge, auch über unsere gemeinsame Zukunft, auch über das Kind plauderten, wie schon seit lange nicht mehr. Bei Sonnenuntergang saßen wir auf dem Balkon, du und ich, da ging er vorüber unten am Strand, ohne aufzublicken, und ich war beglückt, ihn zu sehen. Dir aber strich ich über die Stirne und küßte dich aufs Haar, und in meiner Liebe zu dir war zugleich viel schmerzliches Mitleid. Am Abend war ich sehr schön, du hast es mir selber gesagt, und trug eine weiße Rose im Gürtel. Es war vielleicht kein Zufall, daß der Fremde mit seinen Freunden in unserer Nähe saß. Er blickte nicht zu mir her, ich aber spielte mit dem Gedanken, aufzustehen, an seinen Tisch zu treten und ihm zu sagen: Da bin ich, mein Erwarteter, mein Geliebter – nimm mich hin. In diesem Augenblick brachte man ihm das Telegramm, er las, erblaßte, flüsterte dem jüngeren der beiden Offiziere einige Worte zu, und mit einem rätselhaften Blick mich streifend, verließ er den Saal.«

»Und?« fragte Fridolin trocken, als sie schwieg.

»Nichts weiter. Ich weiß nur, daß ich am nächsten Morgen mit einer gewissen Bangigkeit erwachte. Wovor mir mehr bangte – ob davor, daß er abgereist, oder davor, daß er noch da sein könnte –, das weiß ich nicht, das habe ich auch damals nicht gewußt. Doch als er auch mittags verschwunden blieb, atmete ich auf. Frage mich nicht weiter, Fridolin, ich habe dir die ganze Wahrheit gesagt. – Und auch du hast an jenem Strand irgend etwas erlebt, – ich weiß es.«

Fridolin erhob sich, ging ein paarmal im Zimmer auf und ab, dann sagte er: »Du hast recht.« Er stand am Fenster, das Antlitz im Dunkel. »Des Morgens«, begann er mit verschleierter, etwas feindseliger Stimme, »manchmal sehr früh noch, ehe du aufgestanden warst, pflegte ich längs des Ufers dahinzuwandern, über den Ort hinaus; und, so früh es war, immer lag schon die Sonne hell und stark über dem Meer. Da draußen am Strand gab es kleine Landhäuser, wie du weißt, die, jedes, dastanden, eine kleine Welt für sich, manche mit umplankten Gärten, manche auch nur von Wald umgeben, und die Badehütten waren von den Häusern durch die Landstraße und ein Stück Strand getrennt. Kaum daß ich je in so früher Stunde Menschen begegnete; und Badende waren überhaupt niemals zu sehen. Eines Morgens aber wurde ich ganz plötzlich einer weiblichen Gestalt gewahr, die, eben noch unsichtbar gewesen, auf der schmalen Terrasse einer in den Sand gepfählten Badehütte, einen Fuß vor den andern setzend, die Arme nach rückwärts an die Holzwand gespreitet, sich vorsichtig weiterbewegte. Es war ein ganz junges, vielleicht fünfzehnjähriges Mädchen mit aufgelöstem blonden Haar, das über die Schultern und auf der einen Seite über die zarte Brust herabfloß. Das Mädchen sah vor sich hin, ins Wasser hinab, langsam glitt es längs der Wand weiter, mit gesenktem Auge nach der andern Ecke hin, und plötzlich stand es mir gerade gegenüber; mit den Armen griff sie weit hinter sich, als wollte sie sich fester anklammern, sah auf und erblickte mich plötzlich. Ein Zittern ging durch ihren Leib, als müßte sie sinken oder fliehen. Doch da sie auf dem schmalen Brett sich doch nur ganz langsam hätte weiterbewegen können, entschloß sie sich innezuhalten – und stand nun da, zuerst mit einem erschrockenen, dann mit einem zornigen, endlich mit einem verlegenen Gesicht. Mit einemmal aber lächelte sie, lächelte wunderbar; es war ein Grüßen, ja ein Winken in ihren Augen – und zugleich ein leiser Spott, mit dem sie ganz flüchtig zu ihren Füßen das Wasser streifte, das mich von ihr trennte. Dann reckte sie den jungen schlanken Körper hoch, wie ihrer Schönheit froh, und, wie leicht zu merken war, durch den Glanz meines Blicks, den sie auf sich fühlte, stolz und süß erregt. So standen wir uns gegenüber, vielleicht zehn Sekunden lang, mit halboffenen Lippen und flimmernden Augen. Unwillkürlich breitete ich meine

Arme nach ihr aus, Hingebung und Freude war in ihrem Blick. Mit einemmal aber schüttelte sie heftig den Kopf, löste einen Arm von der Wand, deutete gebieterisch, ich solle mich entfernen; und als ich es nicht gleich über mich brachte zu gehorchen, kam ein solches Bitten, ein solches Flehen in ihre Kinderaugen, daß mir nichts anderes übrigblieb, als mich abzuwenden. So rasch als möglich setzte ich meinen Weg wieder fort; ich sah mich kein einziges Mal nach ihr um, nicht eigentlich aus Rücksicht, aus Gehorsam, aus Ritterlichkeit, sondern darum, weil ich unter ihrem letzten Blick eine solche, über alles je Erlebte hinausgehende Bewegung verspürt hatte, daß ich mich einer Ohnmacht nah fühlte.« Und er schwieg.

»Und wie oft«, fragte Albertine, vor sich hinsehend und ohne jede Betonung, »bist du nachher noch denselben Weg gegangen?«

»Was ich dir erzählt habe«, erwiderte Fridolin, »ereignete sich zufällig am letzten Tag unseres Aufenthalts in Dänemark. Auch ich weiß nicht, was unter anderen Umständen geworden wäre. Frag' auch du nicht weiter, Albertine.«

Er stand immer noch am Fenster, unbeweglich. Albertine erhob sich, trat auf ihn zu, ihr Auge war feucht und dunkel, leicht gerunzelt die Stirn. »Wir wollen einander solche Dinge künftighin immer gleich erzählen«, sagte sie.

Er nickte stumm.

»Versprich's mir.«

Er zog sie an sich. »Weißt du das nicht?« fragte er; aber seine Stimme klang immer noch hart.

Sie nahm seine Hände, streichelte sie und sah zu ihm auf mit umflorten Augen, auf deren Grund er ihre Gedanken zu lesen vermochte. Jetzt dachte sie seiner andern, wirklicherer, dachte seiner Jünglingserlebnisse, in deren manche sie eingeweiht war, da er, ihrer eifersüchtigen Neugier allzu willig nachgebend, ihr in den ersten Ehejahren manches verraten, ja, wie ihm oftmals scheinen wollte, preisgegeben, was er lieber für sich hätte behalten sollen. In dieser Stunde, er wußte es, drängte manche Erinnerung sich ihr mit Notwendigkeit auf, und er wunderte sich kaum, als sie, wie aus einem Traum, den halbvergessenen Namen einer seiner Jugendgeliebten aussprach. Doch wie ein Vorwurf, ja wie eine leise Drohung klang er ihm entgegen.

Er zog ihre Hände an seine Lippen.

»In jedem Wesen – glaub' es mir, wenn es auch wohlfeil klingen mag –, in jedem Wesen, das ich zu lieben meinte, habe ich immer nur dich gesucht. Das weiß ich besser, als du es verstehen kannst, Albertine.«

Sie lächelte trüb. »Und wenn es auch mir beliebt hätte, zuerst auf die Suche zu gehen?« sagte sie. Ihr Blick veränderte sich, wurde kühl und undurchdringlich. Er ließ ihre Hände aus den seinen gleiten, als hätte er sie auf einer Unwahrheit, auf einem Verrat ertappt; sie aber sagte: »Ach, wenn ihr wüßtet«, und wieder schwieg sie.

»Wenn wir wüßten –? Was willst du damit sagen?«

Mit seltsamer Härte erwiderte sie: »Ungefähr, was du dir denkst, mein Lieber.«

»Albertine – so gibt es etwas, was du mir verschwiegen hast?«

Sie nickte und blickte mit einem sonderbaren Lächeln vor sich hin.

Unfaßbare, unsinnige Zweifel wachten in ihm auf.

»Ich verstehe nicht recht«, sagte er. »Du warst kaum siebzehn, als wir uns verlobten.«

»Sechzehn vorbei, ja, Fridolin. Und doch« – sie sah ihm hell in die Augen – »lag es nicht an mir, daß ich noch jungfräulich deine Gattin wurde.«

»Albertine –!«

Und sie erzählte:

»Es war am Wörthersee, ganz kurz vor unserer Verlobung, Fridolin, da stand an einem schönen Sommerabend ein sehr hübscher, junger Mensch an meinem Fenster, das auf die große, weite Wiese hinaussah, wir plauderten miteinander, und ich dachte im Laufe dieser Unterhaltung, ja höre nur, was ich dachte: Was ist das doch für ein lieber, entzückender, junger Mensch – er müßte jetzt nur ein Wort sprechen, freilich, das richtige müßte es sein, so käme ich zu ihm hinaus auf die Wiese und spazierte mit ihm, wohin es ihm beliebte – in den Wald vielleicht; – oder schöner noch wäre es, wir führen im Kahn zusammen in den See hinaus – und er könnte von mir in dieser Nacht alles haben, was er nur verlangte. Ja, das dachte ich mir. – Aber er sprach das Wort nicht aus, der entzückende junge Mensch; er küßte nur zart meine Hand, – und am Morgen darauf fragte er mich – ob ich seine Frau werden wollte. Und ich sagte ja.«

Fridolin ließ unmutig ihre Hand los. »Und wenn an jenem Abend«, sagte er dann, »zufällig ein anderer an deinem Fenster gestanden hätte und ihm wäre das richtige Wort eingefallen, zum Beispiel – –«, er dachte nach, welchen Namen er nennen sollte, da streckte sie schon wie abwehrend die Arme vor.

»Ein anderer, wer immer es gewesen wäre, er hätte sagen können, was er wollte – es hätte ihm wenig geholfen. Und wärst nicht du es gewesen, der vor dem Fenster stand« – sie lächelte zu ihm auf –, »dann wäre wohl auch der Sommerabend nicht so schön gewesen.«

Er verzog spöttisch den Mund. »So sagst du in diesem Augenblick, so glaubst du vielleicht in diesem Augenblick. Aber –«

Es klopfte. Das Dienstmädchen trat ein und meldete, die Hausbesorgerin aus der Schreyvogelgasse sei da, den Herrn Doktor zum Hofrat zu holen, dem es wieder sehr schlecht gehe. Fridolin begab sich ins Vorzimmer, erfuhr von der Botin, daß der Hofrat einen Herzanfall erlitten und sich sehr übel befinde; und er versprach, unverzüglich hinzukommen.

»Du willst fort –?« fragte ihn Albertine, als er sich rasch zum Fortgehen bereit machte, so ärgerlichen Tons, als füge er ihr mit Vorbedacht ein Unrecht zu.

Fridolin erwiderte, beinahe verwundert: »Ich muß wohl.«

Sie seufzte leicht.

»Es wird hoffentlich nicht so schlimm sein«, sagte Fridolin, »bisher haben ihm drei Centi Morphin immer noch über den Anfall weggeholfen.«

Das Stubenmädchen hatte den Pelz gebracht, Fridolin küßte

Albertine ziemlich zerstreut, als wäre das Gespräch der letzten Stunde aus seinem Gedächtnis schon weggewischt, auf Stirn und Mund und eilte davon.

2

Auf der Straße mußte er den Pelz öffnen. Es war plötzlich Tauwetter eingetreten, der Schnee auf dem Fußsteig beinahe weggeschmolzen, und in der Luft wehte ein Hauch des kommenden Frühlings. Von Fridolins Wohnung in der Josefstadt nahe dem Allgemeinen Krankenhaus, war es kaum eine Viertelstunde in die Schreyvogelgasse; und so stieg Fridolin bald die schlecht beleuchtete gewundene Treppe des alten Hauses in das zweite Stockwerk hinauf und zog an der Glocke; doch ehe der altväterische Klingelton sich vernehmen ließ, merkte er, daß die Türe nur angelehnt war; er trat durch den unbeleuchteten Vorraum in das Wohnzimmer und sah sofort, daß er zu spät gekommen war. Die grün verhängte Petroleumlampe, die von der niederen Decke herabhing, warf einen matten Schein über die Bettdecke, unter der regungslos ein schmaler Körper hingestreckt lag. Das Antlitz des Toten war überschattet, doch Fridolin kannte es so gut, daß er es in aller Deutlichkeit zu sehen vermeinte – hager, runzlig, hochgestirnt, mit dem weißen, kurzen Vollbart, den auffallend häßlichen weißbehaarten Ohren. Marianne, die Tochter des Hofrats, saß am Fußende des Bettes mit schlaff herabhängenden Armen, wie in tiefster Ermüdung. Es roch nach alten Möbeln, Medikamenten, Petroleum, Küche; auch ein wenig nach Kölnisch Wasser und Rosenseife, und irgendwie spürte Fridolin auch den süßlich faden Geruch dieses blassen Mädchens, das noch jung war und seit Monaten, seit Jahren in schwerer häuslicher Arbeit, anstrengender Krankenpflege und Nachtwachen langsam verblühte.

Als der Arzt eingetreten war, hatte sie den Blick zu ihm gewandt, doch in der kärglichen Beleuchtung sah er kaum, ob ihre Wangen sich röteten wie sonst, wenn er erschien. Sie wollte sich erheben, eine Handbewegung Fridolins verwehrte es ihr, sie nickte ihm mit großen, aber trüben Augen einen Gruß zu. Er trat an das Kopfende des Bettes, berührte mechanisch die Stirn des Toten, dessen Arme, die in weiten offenen Hemdärmeln über der Bettdecke lagen, dann senkte er mit leichtem Bedauern die Schultern, steckte die Hände in die Taschen seines Pelzrokkes, ließ den Blick im Zimmer umherschweifen und endlich auf Marianne verweilen. Ihr Haar war reich und blond, aber trokken, der Hals wohlgeformt und schlank, doch nicht ganz faltenlos und von gelblicher Tönung, und die Lippen wie von vielen ungesagten Worten schmal.

»Nun ja«, sagte er flüsternd und fast verlegen, »mein liebes Fräulein, es trifft Sie wohl nicht unvorbereitet.«

Sie streckte ihm die Hand entgegen. Er nahm sie teilnahmsvoll, fragte pflichtgemäß nach dem Verlauf des letzten tödlichen Anfalls, sie berichtete sachlich und kurz und sprach dann von den letzten, verhältnismäßig guten Tagen, in denen Fridolin den Kranken nicht mehr gesehen hatte. Fridolin hatte einen Stuhl herangerückt, setzte sich Marianne gegenüber und gab ihr tröstend zu bedenken, daß ihr Vater in den letzten Stunden kaum gelitten haben dürfte; dann erkundigte er sich, ob Verwandte verständigt seien. Ja; die Hausbesorgerin sei schon auf dem Weg zum Onkel, und jedenfalls werde bald Herr Doktor Roediger erscheinen, »mein Verlobter«, setzte sie hinzu und blickte Fridolin auf die Stirn statt ins Auge.

Fridolin nickte nur. Er war Doktor Roediger im Verlaufe eines Jahres zwei- oder dreimal hier im Hause begegnet. Der überschlanke, blasse, junge Mensch mit kurzem, blondem Vollbart und Brille, Dozent für Geschichte an der Wiener Universität, hatte ihm recht gut gefallen, ohne weiter sein Interesse anzuregen. Marianne sähe sicher besser aus, dachte er, wenn sie seine Geliebte wäre. Ihr Haar wäre weniger trocken, ihre Lippen röter und voller. Wie alt mag sie sein? fragte er sich weiter. Als ich zum erstenmal zum Hofrat gerufen wurde, vor drei oder vier Jahren, war sie dreiundzwanzig. Damals lebte ihre Mutter noch. Sie war heiterer, als ihre Mutter noch lebte. Hat sie nicht eine kurze Zeit hindurch Gesangslektionen genommen? Also diesen Dozenten wird sie heiraten. Warum tut sie das? Verliebt ist sie gewiß nicht in ihn, und viel Geld dürfte er auch nicht haben. Was wird das für eine Ehe werden? Nun, eine Ehe wie tausend andere. Was kümmert's mich. Es ist wohl möglich, daß ich sie niemals wiedersehen werde, denn nun habe ich in diesem Hause nichts mehr zu tun. Ach, wie viele Menschen habe ich nie mehr wiedergesehen, die mir näher standen als sie.

Während ihm diese Gedanken durch den Kopf gingen, hatte Marianne von dem Verstorbenen zu reden begonnen – mit einer gewissen Eindringlichkeit, als wäre er durch die einfache Tatsache seines Todes plötzlich ein merkwürdigerer Mensch geworden. Also wirklich erst vierundfünfzig Jahre war er alt gewesen? Freilich, die vielen Sorgen und Enttäuschungen, die Gattin immer leidend – und der Sohn hatte ihm so viel Kummer bereitet! Wie, sie besaß einen Bruder? Gewiß. Sie hatte es dem Doktor doch schon einmal erzählt. Der Bruder lebte jetzt irgendwo im Auslande, da drin in Mariannens Kabinett hing ein Bild, das er im Alter von fünfzehn Jahren gemalt hatte. Es stellte einen Offizier dar, der einen Hügel hinuntersprengt. Der Vater hatte immer getan, als sähe er das Bild überhaupt nicht. Aber es war ein gutes Bild. Der Bruder hätte es schon weiterbringen können unter günstigern Umständen.

Wie erregt sie spricht, dachte Fridolin, und wie ihre Augen glänzen! Fieber? Wohl möglich. Sie ist magerer geworden in der letzten Zeit. Spitzenkatarrh vermutlich.

Sie sprach immer weiter, aber ihm schien, als wüßte sie gar nicht recht, zu wem sie sprach; oder als spräche sie zu sich selbst. Zwölf Jahre war der Bruder nun fort vom Haus, ja, sie war noch ein Kind gewesen, als er plötzlich verschwand. Vor vier oder fünf Jahren zu Weihnachten war die letzte Nachricht von ihm gekommen, aus einer kleinen italienischen Stadt. Sonderbar, sie hatte den Namen vergessen. So redete sie noch eine Weile gleichgültige Dinge, ohne Notwendigkeit, fast ohne Zusammenhang, bis sie mit einemmal schwieg und nun stumm dasaß, den Kopf in den Händen. Fridolin war müde und noch

Frühlingslust

mehr gelangweilt, wartete sehnlich, daß jemand käme, die Verwandten oder der Verlobte. Das Schweigen im Raume lastete schwer. Es war ihm, als schwiege der Tote mit ihnen; nicht etwa weil er nun unmöglich mehr reden konnte, sondern absichtsvoll und mit Schadenfreude.

Und mit einem Seitenblick auf ihn sagte Fridolin: »Jedenfalls, wie die Dinge nun einmal liegen, ist es gut, Fräulein Marianne, daß Sie nicht mehr allzulange in dieser Wohnung bleiben müssen« – und da sie den Kopf ein wenig hob, ohne aber zu Fridolin aufzuschauen –, »Ihr Bräutigam wird wohl bald eine Professur erhalten; an der philosophischen Fakultät liegen ja die Verhältnisse in dieser Beziehung günstiger als bei uns.« – Er dachte daran, daß er vor Jahren auch eine akademische Laufbahn angestrebt, daß er aber bei seiner Neigung zu einer behaglicheren Existenz sich am Ende für die praktische Ausübung seines Berufes entschieden hatte; – und plötzlich kam er sich dem vortrefflichen Doktor Roediger gegenüber als der Geringere vor.

»Im Herbst werden wir übersiedeln«, sagte Marianne, ohne sich zu regen, »er hat eine Berufung nach Göttingen.«

»Ah«, sagte Fridolin und wollte eine Art Glückwunsch anbringen, aber das schien ihm wenig angemessen in diesem Augenblick und in dieser Umgebung. Er warf einen Blick nach dem geschlossenen Fenster und, ohne vorher um Erlaubnis zu fragen, wie in Ausübung eines ärztlichen Rechtes öffnete er beide Flügel und ließ die Luft herein, die, indes noch wärmer und frühlingshafter geworden, einen linden Duft aus den erwachenden fernen Wäldern mitzubringen schien. Als er sich wieder ins Zimmer wandte, sah er die Augen Mariannens wie fragend auf sich gerichtet. Er trat näher zu ihr hin und bemerkte: »Die frische Luft wird Ihnen hoffentlich wohl tun. Es ist geradezu warm geworden, und gestern nacht« – er wollte sagen: fuhren wir im Schneegestöber von der Redoute nach Hause, aber er formte rasch den Satz um und ergänzte: »Gestern abend lag der Schnee noch einen halben Meter hoch in den Straßen.«

Sie hörte kaum, was er sagte. Ihre Augen wurden feucht, große Tränen liefen ihr über die Wangen herab, und wieder verbarg sie ihr Gesicht in den Händen. Unwillkürlich legte er seine Hand auf ihren Scheitel und strich ihr über die Stirn. Er fühlte, wie ihr Körper zu zittern begann, sie schluchzte in sich hinein, kaum hörbar zuerst, allmählich lauter, endlich ganz ungehemmt. Mit einemmal war sie vom Sessel herabgeglitten, lag Fridolin zu Füßen, umschlang seine Knie mit den Armen und preßte ihr Antlitz daran. Dann sah sie zu ihm auf mit weit offenen, schmerzlich-wilden Augen und flüsterte heiß: »Ich will nicht fort von hier. Auch wenn Sie niemals wiederkommen, wenn ich Sie niemals mehr sehen soll; ich will in Ihrer Nähe leben.«

Er war mehr ergriffen als erstaunt; denn er hatte es immer gewußt, daß sie in ihn verliebt war oder sich einbildete, es zu sein.

»Stehen Sie doch auf, Marianne«, sagte er leise, beugte sich zu ihr herab, richtete sie milde auf und dachte: natürlich ist auch Hysterie dabei. Er warf einen Seitenblick auf den toten Vater. Ob er nicht alles hört, dachte er. Vielleicht ist er scheintot? Vielleicht ist jeder Mensch in diesen ersten Stunden nach dem Verscheiden nur scheintot –? Er hielt Marianne in den Armen, aber zugleich etwas entfernt von sich, und drückte beinahe unwillkürlich einen Kuß auf ihre Stirn, was ihm selbst ein wenig lächerlich vorkam. Flüchtig erinnerte er sich eines Romans, den er vor Jahren gelesen und in dem es geschah, daß ein ganz junger Mensch, ein Knabe fast, am Totenbett der Mutter von ihrer Freundin verführt, eigentlich vergewaltigt wurde. Im selben Augenblick, er wußte nicht warum, mußte er seiner Gattin denken. Bitterkeit gegen sie stieg in ihm auf und ein dumpfer Groll gegen den Herrn in Dänemark mit der gelben Reisetasche auf der Hotelstiege. Er zog Marianne fester an sich, doch verspürte er nicht die geringste Erregung; eher flößte ihm der Anblick des glanzlos trockenen Haares, der süßlich-fade Geruch ihres ungelüfteten Kleides einen leichten Widerwillen ein. Nun ertönte die Glocke draußen, er fühlte sich wie erlöst, küßte Marianne die Hand rasch, gleichwie in Dankbarkeit, und ging öffnen. Es war Doktor Roediger, der in der Tür stand, in dunkelgrauem Havelock, mit Überschuhen, einen Regenschirm in der Hand, mit einem den Umständen angemessenen ernsten Gesichtsausdruck. Die beiden Herren nickten einander zu, vertrauter, als es ihren tatsächlichen Beziehungen entsprach. Dann traten sie beide ins Zimmer, Roediger drückte Marianne nach einem befangenen Blick auf den Toten seine Teilnahme aus; Fridolin begab sich ins Nebenzimmer, um die ärztliche Todesanzeige abzufassen, drehte die Gasflamme über dem Schreibtisch höher, und sein Blick fiel auf das Bildnis des weißuniformierten Offiziers, der mit geschwungenem Säbel den Hügel hinabsprengte, einem unsichtbaren Feind entgegen. Es war in einen altgoldenen schmalen Rahmen gespannt und wirkte nicht viel besser als ein bescheidener Öldruck.

Mit dem ausgefüllten Totenschein trat Fridolin wieder in den Nebenraum, wo am Bett des Vaters, die Hände ineinander verschlungen, die Brautleute saßen.

Wieder ertönte die Türglocke, Doktor Roediger erhob sich und ging öffnen; indessen sagte Marianne, unhörbar fast, auf den Boden blickend: »Ich liebe dich.« Fridolin erwiderte nur, indem er, nicht ohne Zärtlichkeit, Mariannens Namen aussprach. Roediger trat wieder ein mit einem älteren Ehepaar. Es waren der Onkel und die Tante Mariannens; einige Worte, den Umständen entsprechend, wurden gewechselt, mit der Befangenheit, die die Anwesenheit eines eben Verstorbenen rings zu verbreiten pflegt. Das kleine Zimmer sah plötzlich wie von Trauergästen überfüllt aus, Fridolin erschien sich überflüssig, empfahl sich und wurde von Roediger zur Tür geleitet, der sich zu einigen Dankesworten verpflichtet fühlte und die Hoffnung baldiger Wiederbegegnung aussprach.

3

Fridolin, vor dem Haustor, sah zu dem Fenster auf, das er früher selbst geöffnet hatte; die Flügel zitterten leise im Vorfrühlingswinde. Die Menschen, die dort oben zurückgeblieben waren, die lebendigen geradeso wie der Tote, waren ihm in gleicher

Weise gespensterhaft unwirklich. Er selbst erschien sich wie entronnen; nicht so sehr einem Erlebnis als vielmehr einem schwermütigen Zauber, der keine Macht über ihn gewinnen sollte. Als einzige Nachwirkung empfand er eine merkwürdige Unlust, sich nach Hause zu begeben. Der Schnee in den Straßen war geschmolzen, links und rechts waren kleine schmutzig-weiße Häuflein aufgeschichtet, die Gasflammen in den Laternen flakkerten, von einer nahen Kirche schlug es elf. Fridolin beschloß, vor dem Schlafengehen noch eine halbe Stunde in einer stillen Kaffeehausecke nahe seiner Wohnung zu verbringen, und nahm den Weg durch den Rathauspark. Auf beschatteten Bänken saß da und dort ein Paar eng aneinandergeschmiegt, als wäre wirklich schon der Frühling da und die trügerisch-warme Luft nicht schwanger von Gefahren. Auf einer Bank der Länge nach ausgestreckt, den Hut in die Stirn gedrückt, lag ein ziemlich zerlumpter Mensch. Wenn ich ihn aufweckte, dachte Fridolin, und ihm Geld für ein Nachtlager schenkte? Ach, was wäre damit getan, überlegte er weiter, dann müßte ich morgen auch für eines sorgen, sonst hätte es ja keinen Sinn, und am Ende würde ich noch sträflicher Beziehungen mit ihm verdächtigt. Und er beschleunigte seinen Schritt, wie um jeder Art von Verantwortung und Versuchung so rasch als möglich zu entfliehen. Warum gerade der? fragte er sich, Tausende von solchen armen Teufeln gibt's in Wien allein. Wenn man sich um die alle kümmern wollte – um die Schicksale aller Unbekannten! Und der Tote fiel ihm ein, den er eben verlassen, und mit einigem Schauer, ja nicht ohne Ekel dachte er daran, daß in dem langdahingestreckten mageren Leib unter der braunen Flanelldecke nach ewigen Gesetzen Verwesung und Zerfall ihr Werk schon begonnen hatten. Und er freute sich, daß er noch lebte, daß für ihn aller Wahrscheinlichkeit nach all diese häßlichen Dinge noch ferne waren; ja daß er noch mitten in seiner Jugend stand, eine reizende und liebenswerte Frau zu eigen hatte und auch noch eine oder mehrere dazu haben konnte, wenn es ihm gerade beliebte. Zu dergleichen hätte freilich mehr Muße gehört, als ihm vergönnt war; und es fiel ihm ein, daß er morgen um acht Uhr früh auf der Abteilung sein, von elf bis eins Privatpatienten besuchen, nachmittags von drei bis fünf Ordination halten mußte und daß ihm auch für die Abendstunden noch einige Krankenbesuche bevorstanden. – Nun – hoffentlich würde er wenigstens nicht wieder mitten in der Nacht geholt werden, wie es ihm heute geschehen war.

Er überquerte den Rathausplatz, der trüb erglänzte wie ein bräunlicher Teich, und wandte sich dem heimatlichen Josefstädter Bezirk zu. Von weitem hörte er dumpfe, regelmäßige Schritte und sah, noch ziemlich entfernt, eben um eine Straßenecke biegend, einen kleinen Trupp von Couleurstudenten, die, sechs oder acht an der Zahl, ihm entgegenkamen. Als die jungen Leute in den Schein einer Laterne gerieten, glaubte er die blauen Alemannen in ihnen zu erkennen. Er selbst hatte nie einer Verbindung angehört, aber seinerzeit ein paar Säbelmensuren ausgefochten. Im Zusammenhang mit dieser Erinnerung an seine Studentenzeit fielen ihm die roten Dominos ein, die ihn gestern nacht in die Loge gelockt und so bald wieder schnöde verlassen hatten. Die Studenten waren ganz nahe, sie redeten laut und lachten; – ob er nicht einen oder den andern aus dem Spitale kennen mochte? Doch bei der unsicheren Beleuchtung war es nicht möglich, die Physiognomien deutlich auszunehmen. Er mußte sich ganz nahe an die Mauer halten, um nicht mit ihnen zusammenzustoßen; – jetzt waren sie vorbei; nur der zuletzt ging, ein langer Kerl im offnen Winterrock, eine Binde über dem linken Auge, schien geradezu absichtlich ein Stückchen zurückzubleiben und stieß mit seitlich abgestrecktem Ellbogen an ihn an. Es konnte kein Zufall sein. Was fällt dem Kerl ein, dachte Fridolin und blieb unwillkürlich stehen; der andere nach zwei Schritten tat desgleichen, und so sahen sie einander einen Moment lang aus mäßiger Entfernung in die Augen. Plötzlich aber wandte Fridolin sich wieder ab und ging weiter. Er hörte ein kurzes Lachen hinter sich – fast hätte er sich nochmals umgewandt, um den Burschen zu stellen, aber er verspürte ein sonderbares Herzklopfen – ganz wie einmal vor zwölf oder vierzehn Jahren, als es so heftig an seine Tür gepocht hatte, während das anmutige junge Ding bei ihm war, das immer von einem ent-

fernt lebenden, wahrscheinlich gar nicht existierenden Bräutigam zu faseln liebte; es war auch tatsächlich nur der Briefträger gewesen, der so drohend gepocht hatte. – Und geradeso wie damals fühlte er jetzt sein Herz klopfen. Was ist das, fragte er sich ärgerlich und merkte nun, daß ihm die Knie ein wenig zitterten. Feig –? Unsinn, erwiderte er sich selbst. Soll ich mich mit einem betrunkenen Studenten herstellen, ich, ein Mann von fünfunddreißig Jahren, praktischer Arzt, verheiratet, Vater eines Kindes! – Kontrahage! Zeugen! Duell! Und am Ende wegen einer solchen dummen Rempelei einen Hieb in den Arm? Und für ein paar Wochen berufsunfähig? – Oder ein Auge heraus? – Oder gar Blutvergiftung? – Und in acht Tagen so weit wie der Herr in der Schreyvogelgasse unter der Bettdecke aus braunem Flanell! Feig –? Drei Säbelmensuren hatte er ausgefochten, und auch zu einem Pistolenduell war er einmal bereit gewesen, und nicht auf s e i n e Veranlassung war die Sache damals gütlich beigelegt worden. Und sein Beruf! Gefahren von allen Seiten und in jedem Augenblick – man vergaß nur immer wieder dran. Wie lange war es her, daß das diphtheritiskranke Kind ihm ins Gesicht gehustet hatte? Drei oder vier Tage, nicht mehr. Das war immerhin eine bedenklichere Sache als so eine kleine Säbelfechterei. Und er hatte überhaupt nicht mehr daran gedacht. Nun, wenn er dem Kerl wieder begegnete, ließ sich die Angelegenheit immer noch ins reine bringen. Keineswegs war er verpflichtet, um Mitternacht auf dem Weg von einem Kranken oder auch zu einem Kranken, das hätte ja schließlich auch der Fall sein können – nein, er war wirklich nicht verpflichtet, auf solch eine alberne Studentenrempelei zu reagieren. Wenn jetzt zum Exempel der junge Däne ihm entgegenkäme, mit dem Albertine – ach nein, was fiel ihm denn nur ein? Nun – es war ja doch nicht anders, als wenn sie seine Geliebte gewesen wäre. Schlimmer noch. Ja, der sollte ihm jetzt entgegenkommen. Oh, eine wahre Wonne wäre es, dem irgendwo in einer Waldlichtung gegenüberzustehen und auf die Stirn mit dem glattgestrichenen Blondhaar den Lauf einer Pistole zu richten.
Er fand sich, mit einem Male, schon über sein Ziel hinaus in

einer engen Gasse, durch die nur ein paar armselige Dirnen auf nächtlichem Männerfang umherstrichen. Gespenstisch, dachte er. Und auch die Studenten mit den blauen Kappen wurden ihm plötzlich gespenstisch in der Erinnerung, ebenso Marianne, ihr Verlobter, Onkel und Tante, die er sich nun alle, Hand in Hand, um das Totenbett des alten Hofrats gereiht vorstellte; auch Albertine, die ihm nun im Geist als tief Schlafende, die Arme unter dem Nacken verschränkt, vorschwebte – sogar sein Kind, das jetzt zusammengerollt in dem schmalen weißen Messingbettchen lag, und das rotbäckige Fräulein mit dem Muttermal an der linken Schläfe –, sie alle waren ihm völlig ins Gespenstische entrückt. Und in dieser Empfindung, obzwar sie ihn ein wenig schaudern machte, war zugleich etwas Beruhigendes, das ihn von aller Verantwortung zu befreien, ja aus jeder menschlichen Beziehung zu lösen schien.

Eines der herumstreifenden Mädchen forderte ihn zum Mitgehen auf. Es war ein zierliches, noch ganz junges Geschöpf, sehr blaß mit rotgeschminkten Lippen. Könnte gleichfalls mit Tod enden, dachte er, nur nicht so rasch! Auch Feigheit? Im Grunde schon. Er hörte ihre Schritte, bald ihre Stimme hinter sich. »Willst nicht mitkommen, Doktor?«

Unwillkürlich wandte er sich um. »Woher kennst du mich?« fragte er.

»Ich kenn' Ihnen nicht«, sagte sie, »aber in dem Bezirk sind ja alle Doktors.«

Seit seiner Gymnasiastenzeit hatte er mit einem Frauenzimmer dieser Art nichts zu tun gehabt. Geriet er plötzlich in seine Knabenjahre zurück, daß dieses Geschöpf ihn reizte? Er erinnerte sich eines flüchtigen Bekannten, eines eleganten jungen Mannes, dem man ein fabelhaftes Glück bei Frauen nachsagte, mit dem er als Student nach einem Ball in einem Nachtlokal gesessen hatte und der, ehe er sich mit einer der gewerbsmäßigen Besucherinnen entfernte, Fridolins etwas verwunderten Blick mit den Worten erwidert hatte: »Es bleibt immer das Bequemste; – und die Schlimmsten sind es auch nicht.«

»Wie heißt du?« fragte Fridolin.

»No, wie wir i denn heißen? Mizzi natürlich.« Schon hatte sie den Schlüssel im Haustor umgedreht, trat in den Flur und wartete, daß Fridolin ihr folgte.

»G'schwind!« sagte sie, als er zögerte. Plötzlich stand er neben ihr, das Tor fiel hinter ihm zu, sie sperrte ab, zündete ein Wachskerzchen an und leuchtete ihm vor. – Bin ich verrückt? fragte er sich. Ich werde sie natürlich nicht anrühren.

In ihrem Zimmer brannte eine Öllampe. Sie drehte den Docht weiter auf, es war ein ganz behaglicher Raum, nett gehalten, und jedenfalls roch es da viel angenehmer als zum Beispiel in Mariannens Behausung. Freilich – hier hatte kein alter Mann monatelang krank gelegen. Das Mädchen lächelte, näherte sich ohne Zudringlichkeit Fridolin, der sie sanft abwehrte. Dann wies sie auf einen Schaukelstuhl, in den er sich gerne sinken ließ.

»Bist gewiß sehr müd«, meinte sie. Er nickte. Und sie, während sie sich ohne Hast entkleidete:

»Na ja, so ein Mann, was der den ganzen Tag zu tun hat. Da hat's unsereiner leichter.«

Er merkte, daß ihre Lippen gar nicht geschminkt, sondern von einem natürlichen Rot gefärbt waren, und machte ihr ein Kompliment darüber.

»Ja warum soll ich mich denn schminken?« fragte sie. »Was glaubst denn du, wie alt ich bin?«

»Zwanzig?« riet Fridolin.

»Siebzehn«, sagte sie, setzte sich auf seinen Schoß und schlang wie ein Kind den Arm um seinen Nacken.

Wer auf der Welt möchte vermuten, dachte er, daß ich mich jetzt gerade in diesem Raum befinde? Hätte ich selbst es vor einer Stunde, vor zehn Minuten für möglich gehalten? Und – warum? Warum? Sie suchte mit ihren Lippen die seinen, er bog sich zurück, sie sah ihn groß, etwas traurig an, ließ sich von seinem Schoß heruntergleiten. Fast tat es ihm leid, denn in ihrer Umschlingung war viel tröstende Zärtlichkeit gewesen.

Sie nahm einen roten Schlafrock, der über der Lehne des offenen Bettes hing, schlüpfte hinein und preßte die Arme über der Brust zusammen, so daß ihre ganze Gestalt verhüllt war.

»Ist's dir jetzt recht?« fragte sie ohne Spott, wie schüchtern, als gäbe sie sich Mühe, ihn zu verstehen. Er wußte kaum, was antworten.

»Du hast es richtig erraten«, sagte er dann, »ich bin wirklich müd, und ich finde es sehr angenehm, hier im Schaukelstuhl zu sitzen und dir einfach zuzuhören. Du hast so eine liebe, sanfte Stimme. Red' nur, erzähl' mir was.«

Sie saß auf dem Bett und schüttelte den Kopf.

»Du fürchtest dich halt«, sagte sie leise – und dann vor sich hin, kaum vernehmlich, »schad'!«

Dieses letzte Wort jagte eine heiße Welle durch sein Blut. Er trat zu ihr hin, wollte sie umfassen, erklärte ihr, daß sie ihm völliges Vertrauen einflöße, und sprach damit sogar die Wahrheit. Er zog sie an sich, er warb um sie, wie um ein Mädchen, wie um eine geliebte Frau. Sie widerstand, er schämte sich und ließ endlich ab.

Sie sagte: »Man kann ja nicht wissen, irgendeinmal muß es ja doch kommen. Du hast ganz recht, wenn du dich fürchten tust. Und wenn was passiert, dann möchtest du mich verfluchen.«

Die Banknoten, die er ihr bot, lehnte sie mit solcher Bestimmtheit ab, daß er nicht weiter in sie dringen konnte. Sie nahm einen schmalen blauen Wollschal um, zündete eine Kerze an, leuchtete ihm, begleitete ihn hinab und sperrte das Tor auf. »Ich bleib heut schon z'Haus«, sagte sie. Er nahm ihre Hand und küßte sie unwillkürlich. Sie sah erstaunt, fast erschrocken zu ihm auf, dann lachte sie verlegen und beglückt. »Wie einer Fräuln«, sagte sie.

Das Tor fiel hinter ihm zu, und Fridolin prägte mit einem raschen Blick seinem Gedächtnis die Hausnummer ein, um in der Lage zu sein, dem lieben armen Ding morgen Wein und Näschereien heraufzuschicken.

4

Es war indes noch etwas wärmer geworden. Der laue Wind brachte in die enge Gasse einen Duft von feuchten Wiesen und fernem Bergfrühling. Wohin jetzt? dachte Fridolin, als wäre es nicht das Selbstverständliche, endlich nach Hause zu gehen und sich schlafen zu legen. Aber dazu konnte er sich nicht entschließen. Wie heimatlos, wie hinausgestoßen erschien er sich seit der widerwärtigen Begegnung mit den Alemannen... Oder seit Mariannens Geständnis? – Nein, länger schon – seit dem Abendgespräch mit Albertine rückte er immer weiter fort aus dem gewohnten Bezirk seines Daseins in irgendeine andere, ferne, fremde Welt.

Er wandelte kreuz und quer durch die nächtlichen Straßen, ließ den leichten Föhn um seine Stirne wehen, und endlich, entschlossenen Schritts, als wäre er nun an ein langgesuchtes Ziel gelangt, trat er in ein Kaffeehaus niederen Ranges ein, das altwienerisch gemütlich, nicht besonders geräumig, mäßig beleuchtet und zu dieser späten Stunde nur wenig besucht war.

In einer Ecke spielten drei Herren Karten; ein Kellner, der ihnen bisher zugeschaut hatte, half Fridolin beim Ablegen des Pelzes, nahm seine Bestellung entgegen und legte ihm illustrierte Zeitungen und Abendblätter auf den Tisch. Fridolin erschien sich wie geborgen und begann flüchtig die Journale zu durchblättern. Da und dort blieb sein Blick haften. In irgendeiner böhmischen Stadt waren deutschsprachige Straßentafeln heruntergerissen worden. In Konstantinopel gab es eine Konferenz wegen eines Bahnbaus in Kleinasien, an der auch Lord Cranford teilnahm. Die Firma Benies & Weingruber war insolvent geworden. Die Prostituierte Anna Tiger hatte auf ihre Freundin Hermine Drobizky ein Eifersuchtsattentat mit Vitriol verübt. Heute abend fand ein Heringsschmaus in den Sophiensälen statt. Ein junges Mädchen, Marie B., wohnhaft Schönbrunner Hauptstraße 28, hatte sich mit Sublimat vergiftet. – Alle diese Tatsachen, die gleichgültigen und die traurigen, in ihrer trockenen Alltäglichkeit wirkten irgendwie ernüchternd und beruhigend auf Fridolin. Das junge Mädchen, Marie B., tat ihm leid; Sublimat, wie dumm. In dieser Sekunde, während er gemütlich im Café sitzt und Albertine ruhig schläft mit im Nacken verschränkten Armen und der Hofrat schon alles irdische Leid überwunden hat, windet sich Marie B., Schönbrunner Hauptstraße 28, in sinnlosen Schmerzen.

Er blickte von der Zeitung auf. Da sah er von einem gegenüberliegenden Tisch zwei Augen auf sich gerichtet. War es möglich? Nachtigall –? Der hatte ihn schon erkannt, hob freudig überrascht beide Arme, trat auf Fridolin zu, ein großer, ziemlich breiter, beinahe plumper, noch junger Mensch mit langem, leicht gelocktem, blondem, schon etwas graumeliertem Haar und einem blonden, in polnischer Art herunterhängenden Schnurrbart. Er trug einen offenen grauen Havelock, darunter einen etwas speckigen Frack, ein zerdrücktes Hemd mit drei falschen Brillantknöpfen, einen zerknitterten Kragen und eine flatternde weiße Seidenkrawatte. Seine Lider waren gerötet wie von vielen durchwachten Nächten, doch die Augen strahlten heiter und blau.

»Du bist in Wien, Nachtigall?« rief Fridolin.

»Du weißt nicht«, sagte Nachtigall in polnisch weichem Akzent mit mäßigem jüdischen Beiklang. »Wie weißt du nicht? Ich bin doch so beriehmt.« Er lachte laut und gutmütig und setzte sich Fridolin gegenüber.

»Wie?« fragte Fridolin. »Vielleicht Professor der Chirurgie geworden im geheimen?«

Nachtigall lachte noch heller auf: »Hast du mich jetzt nicht geheert? Jetzt äben?«

»Wieso gehört? – Ach ja!« Und nun erst kam es Fridolin zu Bewußtsein, daß er während seines Eintretens, ja schon früher, als er sich dem Kaffeehaus genähert, aus irgendeiner Kellertiefe Klavierspiel heraufklingen gehört hatte. »Also das warst du?« rief er aus.

»Wer denn als ich?« lachte Nachtigall.

Fridolin nickte. Natürlich; – dieser eigentümlich energische Anschlag, diese sonderbaren, etwas willkürlichen aber wohlklingenden Harmonien der linken Hand waren ihm ja gleich so bekannt vorgekommen. »Also du hast dich ganz darauf verlegt?« meinte er. Er erinnerte sich, daß Nachtigall das Studium der Medizin schon nach der zweiten, sogar geglückten, wenn auch mit siebenjähriger Verspätung abgelegten Vorprüfung in Zoologie, endgültig aufgegeben hatte. Doch noch durch geraume Zeit hatte er sich in Krankenhaus, Seziersaal, Laboratorien und Hörsälen herumgetrieben, wo er mit seinem blonden Künstlerkopf, seinem stets zerknitterten Kragen, der flatternden, einst weiß gewesenen Krawatte eine auffallende, im heiteren Sinn populäre und nicht nur bei Kollegen, sondern auch bei manchen Professoren geradezu beliebte Figur vorgestellt hatte. Sohn eines jüdischen Branntweinschenkers in einem polnischen Nest war er seinerzeit aus der Heimat nach Wien gekommen, um Medizin zu studieren. Die geringfügigen elterlichen Unterstützungen waren von Anfang an kaum der Rede wert gewesen und überdies bald gänzlich eingestellt worden, was ihn nicht hinderte, auch weiterhin im Riedhof an einem Stammtisch von Medizinern zu erscheinen, dem auch Fridolin angehörte. Die Bezahlung seiner Zeche hatte von einem gewissen Zeitpunkt an jedesmal ein anderer der wohlhabenderen Kollegen übernommen. Auch Kleidungsstücke erhielt er manchmal zum Geschenk, was er sich gleichfalls gern und ohne falschen Stolz gefallen ließ. Schon in seinem Heimatstädtchen hatte er bei einem dort gestrandeten Pianisten die Anfangsgründe des Klavierspielens gelernt, und in Wien als Studiosus medicinae besuchte er zugleich das Konservatorium, wo er angeblich als vielversprechendes pianistisches Talent galt. Aber auch hier war er nicht ernst und fleißig genug, um sich regelrecht weiter auszubilden; und bald ließ er es sich an seinen musikalischen Erfolgen im Kreise seiner Bekannten, vielmehr an dem Vergnügen, das er ihnen durch sein Klavierspiel bereitete, vollauf genügen. Eine Zeitlang wirkte er in einer vorstädtischen Tanzschule als Pianist. Universitätskollegen und Tischgenossen versuchten ihn in besseren Häusern in gleicher Eigenschaft einzuführen, doch spielte er bei solcher Gelegenheit immer nur, was ihm eben und solange es ihm beliebte, ließ sich mit den jungen Damen in Unterhaltungen ein, die von seiner Seite nicht immer harmlos geführt waren, und trank mehr, als er vertragen konnte. Einmal spielte er im Hause eines Bankdirektors zum Tanze auf. Nachdem er schon vor Mitternacht durch anzüglich-galante Bemerkungen die vorbeitanzenden jungen Mädchen in Verlegenheit gebracht und bei ihren Herren Anstoß erregt hatte, fiel es ihm ein, einen wüsten Cancan zu spielen und mit seinem gewaltigen Baß ein zweideutiges Couplet dazu zu singen. Der Bankdirektor verwies es ihm heftig. Nachtigall, wie von seliger Heiterkeit erfüllt, erhob sich, umarmte den Direktor, dieser, empört, fauchte, obwohl selbst Jude, dem Pianisten ein landesübliches Schimpfwort ins Gesicht, das Nachtigall unverzüglich mit einer gewaltigen Ohrfeige quittierte – womit seine Laufbahn in den besseren Häusern der Stadt endgültig abgeschlossen erschien. In intimeren Zirkeln wußte er sich im allgemeinen anständiger zu betragen, wenn man auch bei solchen Gelegenheiten in vorgerückten Stunden manchmal genötigt war, ihn gewaltsam aus dem Lokal zu entfernen. Doch am nächsten Morgen waren solche Zwischenfälle von allen Beteiligten verziehen und vergessen. – Eines Tages, seine Kollegen hatten längst alle ihre Studien beendet, war er plötzlich ohne Abschied aus der Stadt verschwunden. Einige Monate hindurch trafen noch Kartengrüße von ihm aus verschiedenen russischen und polnischen Städten ein; und einmal, ohne weitere Erklärung, wurde Fridolin, den Nachtigall stets besonders in sein Herz geschlossen hatte, nicht nur durch einen Gruß, sondern durch die Bitte um einen mäßigen Geldbetrag an Nachtigalls Existenz erinnert. Fridolin sandte die Summe unverzüglich ab, ohne jemals einen Dank oder sonst ein Lebenszeichen von Nachtigall zu erhalten.

In diesem Augenblick aber, um dreiviertel ein Uhr nachts, nach acht Jahren, bestand Nachtigall darauf, dieses Versäumnis unverzüglich gutzumachen, und in genau stimmender Anzahl entnahm er Banknoten einer ziemlich defekten Brieftasche, die übrigens leidlich gefüllt war, so daß Fridolin sich die Rückzahlung mit gutem Gewissen durfte gefallen lassen...

»Also es geht dir gut«, meinte er lächelnd, wie zu seiner eigenen Beruhigung.

»Kann nicht klagen«, erwiderte Nachtigall. Und seine Hand auf Fridolins Arm legend: »Aber jetzt sag' einmal, wie kommst du mitten in der Nacht daher?«

Fridolin erklärte seine Anwesenheit zu so später Stunde mit dem dringenden Bedürfnis, nach einem nächtlichen Krankenbesuch noch eine Tasse Kaffee zu sich zu nehmen; verschwieg aber, ohne recht zu wissen warum, daß er seinen Patienten nicht mehr am Leben getroffen. Dann äußerte er sich ganz im allgemeinen über seine ärztliche Tätigkeit an der Poliklinik und seine Privatpraxis und erwähnte, daß er verheiratet, glücklich verheiratet und Vater eines sechsjährigen Mädchens sei.

Nun berichtete Nachtigall. Er hatte sich, wie Fridolin richtig vermutet, die ganzen Jahre über als Pianist in allen möglichen polnischen, rumänischen, serbischen und bulgarischen Städten und Städtchen fortgebracht, in Lemberg lebte ihm eine Frau mit vier Kindern; – und er lachte hell, als wäre es ausnehmend lustig, vier Kinder zu haben, alle in Lemberg und alle von ein und derselben Frau. Seit dem vergangenen Herbst hielt er sich wieder in Wien auf. Das Varieté, das ihn engagiert hatte, war sofort verkracht, nun spielte er in den verschiedensten Lokalen, wie es sich eben fügte, manchmal auch in zweien oder dreien in derselben Nacht, hier unten zum Beispiel, im Keller – kein sehr vornehmes Etablissement, wie er bemerkte, eigentlich eine Art von Kegelbahn, und was das Publikum anbelangt... »Aber wenn man für vier Kinder zu sorgen hat und eine Frau in Lemberg« – und er lachte wieder, nicht mehr ganz so lustig wie vorher. »Auch privat habe ich manchmal zu tun«, fügte er rasch hinzu. Und als er ein erinnerndes Lächeln auf Fridolins Antlitz gewahrte – »nicht bei Bankdirektoren und soo, nein, in allen mäglichen Kreisen, auch gräßere, äffentliche und gehäime.«

»Geheime?«

Nachtigall blickte düster-pfiffig vor sich hin. »Sofort werd' ich wieder abgeholt.«

»Wie, heute noch spielst du?«

»Ja, dort fangt es nämlich erst um zwei an.«

»Das ist ja besonders fein«, sagte Fridolin.

»Ja und nein«, lachte Nachtigall, wurde aber gleich wieder ernst.

»Ja und nein –?« wiederholte Fridolin neugierig.

Nachtigall beugte sich über den Tisch zu ihm.

»Ich spiele heute in einem Privathaus, aber wem es gehärt, weiß ich nicht.«

»Du spielst also heute zum erstenmal dort?« fragte Fridolin mit steigendem Interesse.

»Nein, das drittemal. Aber es wird wahrscheinlich wieder ein anderes Haus sein.«

»Das versteh' ich nicht.«

»Ich auch nicht«, lachte Nachtigall. »Besser du fragst nicht.«

»Hm«, machte Fridolin.

»Oh, du irrst dich. Nicht was du glaubst. Ich hab' schon viel gesehen, man glaubt nicht, in solchen kleinen Städten – besonders Rumänien –, man erläbt vieles. Aber hier...« Er schlug den gelben Fenstervorhang ein wenig zurück, blickte auf die Straße hinaus und sagte wie für sich: »Noch nicht da« – dann zu Fridolin, erklärend, »nämlich der Wagen. Immer holt mich ein Wagen ab, und immer ein anderer.«

»Du machst mich neugierig, Nachtigall«, meinte Fridolin kühl.

»Här' zu«, sagte Nachtigall nach einigem Zögern. »Wenn ich einem auf der Welt vergennte – aber, wie macht man nur –«, und plötzlich: »Hast du Courage?«

»Sonderbare Frage«, sagte Fridolin im Ton eines beleidigten Couleurstudenten.

»Ich meine nicht soo.«

»Also wie meinst du eigentlich? Wozu braucht man bei dieser Gelegenheit so besondere Courage? Was kann einem denn passieren?« Und er lachte kurz und verächtlich.

»Mir kann nichts passieren, heechstens, daß ich zum letzten Male heite – aber das ist vielleicht auch soo.« Er schwieg und blickte wieder durch den Vorhangspalt hinaus.

»Na also?«

»Wie meinst du?« fragte Nachtigall wie aus einem Traum.

»Erzähl' doch weiter. Wenn du schon einmal angefangen hast... Geheime Veranstaltung? Geschlossene Gesellschaft? Geladene Gäste?«

»Ich weiß nicht. Neilich waren dreißig Menschen, das erstemal nur sechzehn.«

»Ein Ball?«

»Natürlich ein Ball.« Er schien jetzt zu bereuen, daß er überhaupt gesprochen hatte.

»Und du machst Musik dazu?«

»Wieso dazu? Ich weiß nicht wozu. Wirklich, ich weiß nicht. Ich spiele, ich spiele – mit verbundene Augen.«

»Nachtigall, Nachtigall, was singst du da für ein Lied!«

Nachtigall seufzte leise. »Aber leider nicht ganz verbunden. Nicht so, daß ich gar nichts sehe. Ich seh' nämlich im Spiegel durch das schwarze Seidentuch über meine Augen...« Und wieder schwieg er.

»Mit einem Wort«, sagte Fridolin ungeduldig und verächtlich, fühlte sich aber sonderbar erregt... »nackte Frauenzimmer.«

»Sag nicht Frauenzimmer, Fridolin«, erwiderte Nachtigall wie beleidigt, »solche Weiber hast du nie gesehen.«

Fridolin räusperte sich leicht. »Und wie hoch ist das Entrée?« fragte er beiläufig.

»Billetts meinst du und soo? Ha, was fällt dir ein.«

»Also wie verschafft man sich Eintritt?« fragte Fridolin mit gepreßten Lippen und trommelte auf die Tischplatte.

»Parolle mußt du kennen, und jedesmal ist eine andere.«

»Und die heutige?«

»Weiß ich noch nicht. Erfahr' ich erst vom Kutscher.«

»Nimm mich mit, Nachtigall.«

»Unmöglich, zu gefährlich.«

»Vor einer Minute hattest du doch selbst die Absicht... mir zu ›vergennen‹. Es wird schon möglich sein.«

Nachtigall betrachtete ihn prüfend. »So wie du bist – kenntest du auf keinen Fall, nämlich alle sind maskiert, Herren und Damen. Hast du eine Maske bei dir und soo? Unmeglich. Vielleicht nächstes Mal. Werde mir was ausspekulieren.« Er horchte auf und blickte wieder durch den Vorhangspalt auf die Straße, und aufatmend: »Da ist der Wagen. Adieu.«

Fridolin hielt ihn beim Arm fest. »So kommst du mir nicht davon. Du wirst mich mitnehmen.«

»Aber Kollega...«

»Überlaß mir alles Weitere. Ich weiß schon, daß es ›gefährlich‹ ist – vielleicht lockt mich gerade das.«

»Aber ich sage dir schon – ohne Kostim und Larve –«

»Es gibt Maskenleihanstalten.«

»Um ein Uhr früh –!«

»Hör einmal zu, Nachtigall. Ecke Wickenburgstraße befindet sich so ein Unternehmen. Täglich gehe ich ein paarmal an der Tafel vorbei.« Und hastig, in wachsender Erregung: »Du bleibst hier noch eine Viertelstunde, Nachtigall, ich versuch' indessen dort mein Glück. Der Besitzer der Leihanstalt wohnt vermutlich im gleichen Haus. Wenn nicht – dann verzichte ich eben. Das Schicksal soll entscheiden. Im selben Haus ist ein Café, Café Vindobona heißt es, glaube ich. Du sagst dem Kutscher – daß du in dem Café irgend etwas vergessen hast, gehst hinein, ich warte nah der Tür, du sagst mir rasch die Parole, steigst wieder in deinen Wagen; ich, wenn es mir gelungen ist, ein Kostüm zu bekommen, nehme mir rasch einen andern, fahre dir nach – das Weitere muß sich finden. Dein Risiko, Nachtigall, mein Ehrenwort, trage ich in jedem Falle mit.«

Nachtigall hatte einige Male versucht, Fridolin zu unterbrechen, doch vergeblich. Fridolin warf die Zeche auf den Tisch mit einem allzu reichlichen Trinkgeld, wie ihm das in den Stil dieser Nacht zu passen schien, und ging. Draußen stand ein geschlossener Wagen, unbeweglich auf dem Bock saß ein Kutscher, ganz in Schwarz, mit hohem Zylinder; – wie eine Trauerkutsche, dachte Fridolin. Nach wenigen Minuten, im Laufschritt, war er zu dem Eckhaus gelangt, das er suchte, läutete, erkundigte sich beim Hausmeister, ob der Maskenverleiher Gibiser hier im Hause wohnte, und hoffte im stillen, daß es nicht der Fall wäre. Aber Gibiser wohnte tatsächlich hier, im Stockwerk unterhalb der Leihanstalt, der Hausmeister schien nicht einmal sonderlich erstaunt über den späten Besuch, sondern, durch das ansehnliche Trinkgeld Fridolins leutselig gestimmt, bemerkte er, daß während des Faschings gar nicht so selten auch in solcher Nachtstunde Leute kämen, um Kostüme auszuleihen. Er leuchtete von unten aus so lange mit der Kerze, bis Fridolin im ersten Stockwerk geklingelt hatte. Herr Gibiser, als hätte er an der Türe gewartet, öffnete selbst, er war hager, bartlos, kahl, trug einen altmodischen geblümten Schlafrock und eine türkische Mütze mit einer Troddel, so daß er wie ein lächerlicher Alter auf dem Theater aussah. Fridolin brachte sein Begehren vor und erwähnte, daß der Preis keine Rolle spiele, worauf Herr Gibiser beinahe wegwerfend bemerkte: »Ich verlange, was mir zukommt, nicht mehr.«

Er führte Fridolin über eine Wendeltreppe ins Magazin hinauf. Es roch nach Seide, Samt, Parfüms, Staub und trockenen Blumen; aus schwimmendem Dunkel blitzte es silbern und rot; und plötzlich glänzten eine Menge kleiner Lämpchen zwischen offenen Schränken eines engen, langgestreckten Gangs, der sich rückwärts in Finsternis verlor. Rechts und links hingen Kostüme aller Art; auf der einen Seite Ritter, Knappen, Bauern, Jäger, Gelehrte, Orientalen, Narren, auf der anderen Hofdamen, Ritterfräulein, Bäuerinnen, Kammerzofen, Königinnen der Nacht. Oberhalb der Kostüme waren die entsprechenden Kopfbedeckungen zu sehen, und es war Fridolin zumute, als wenn er durch eine Allee von Gehängten schritte, die im Begriffe wären, sich gegenseitig zum Tanz aufzufordern. Herr Gibiser ging hinter ihm einher. »Haben der Herr einen besonderen Wunsch? Louis Quatorze? Directoire? Altdeutsch?«

»Ich brauche eine dunkle Mönchskutte und eine schwarze Larve, nichts weiter.«

In diesem Augenblick tönte vom Ende des Gangs her ein gläsernes Geklirr. Fridolin sah dem Maskenverleiher erschrocken ins Gesicht, als sei dieser zu sofortiger Aufklärung verpflichtet.

Gibiser selbst aber stand starr, tastete nach einem irgendwo versteckten Schalter – und eine blendende Helle ergoß sich sofort bis zum Ende des Gangs, wo ein kleines gedecktes Tischchen mit Tellern, Gläsern und Flaschen zu sehen war. Von zwei Stühlen rechts und links erhoben sich je ein Femrichter in rotem Talar, während ein zierliches helles Wesen im selben Augenblick verschwand. Gibiser stürzte mit langen Schritten hin, griff über den Tisch und hielt eine weiße Perücke in der Hand, während zugleich unter dem Tisch sich hervorschlängelnd ein anmutiges, ganz junges Mädchen, fast noch ein Kind, im Pierrettenkostüm mit weißen Seidenstrümpfen durch den Gang bis zu Fridolin gelaufen kam, der sie notgedrungen in seinen Armen auffing. Gibiser hatte die weiße Perücke auf den Tisch fallen lassen und hielt rechts und links die Femrichter an den Falten ihrer Talare fest. Zugleich rief er zu Fridolin hin: »Herr, halten Sie mir das Mädel fest.« Die Kleine preßte sich an Fridolin, als müßte er sie schützen. Ihr kleines schmales Gesicht war weiß bestäubt, mit einigen Schönheitspflästerchen bedeckt, von ihren zarten Brüsten stieg ein Duft von Rosen und Puder auf; – aus ihren Augen lächelte Schelmerei und Lust.

»Meine Herren«, rief Gibiser, »Sie bleiben hier so lange, bis ich Sie der Polizei übergeben habe.«

»Was fällt Ihnen ein?« riefen die beiden. Und wie aus einem Munde: »Wir sind einer Einladung des Fräuleins gefolgt.«

Gibiser ließ sie beide los, und Fridolin hörte, wie er zu ihnen sagte: »Hierüber werden Sie nähere Auskunft zu geben haben. Oder sahen Sie nicht sofort, daß Sie es mit einer Wahnsinnigen zu tun hatten?« und zu Fridolin gewendet: »Verzeihen Sie den Zwischenfall, mein Herr.«

»Oh, es tut nichts«, sagte Fridolin. Am liebsten wäre er dageblieben oder hätte die Kleine gleich mitgenommen, wohin immer – und was immer daraus gefolgt wäre. Sie sah lockend und kindlich zu ihm auf, wie gebannt. Die Femrichter am Ende des Ganges unterhielten sich aufgeregt miteinander. Gibiser wandte sich sachlich an Fridolin mit der Frage: »Sie wünschen eine Kutte, mein Herr, einen Pilgerhut, eine Larve?«

»Nein«, sagte die Pierrette mit leuchtenden Augen, »einen Hermelinmantel mußt du diesem Herrn geben und ein rotseidenes Wams.«

»Du rührst dich nicht von meiner Seite«, sagte Gibiser und wies auf eine dunkle Kutte, die zwischen einem Landsknecht und einem venezianischen Senator hing. »Dieses entspricht Ihrer Größe, hier der passende Hut, nehmen Sie, rasch.«

Nun meldeten sich von neuem die Femrichter. »Sie werden uns unverzüglich hinauslassen, Herr Chibisier«, sie sprachen den Namen Gibiser zu Fridolins Befremden französisch aus.

»Davon kann keine Rede sein«, erwiderte der Maskenverleiher höhnisch, »vorläufig werden Sie die Freundlichkeit haben, hier meine Rückkehr abzuwarten.«

Indes fuhr Fridolin in die Kutte, band die Enden der herunterhängenden weißen Schnur in einen Knoten, Gibiser reichte ihm, auf einer schmalen Leiter stehend, den schwarzen, breitkrempigen Pilgerhut herunter, und Fridolin setzte ihn auf; doch dies alles tat er wie unter einem Zwang, denn immer stärker empfand er es wie eine Verpflichtung, zu bleiben und der Pierrette in einer drohenden Gefahr beizustehen. Die Larve, die Gibiser ihm nun in die Hand drückte und die er gleich probierte, roch nach einem fremdartigen, etwas widerlichen Parfüm.

»Du gehst mir voran«, sagte Gibiser zu der Kleinen und wies gebieterisch zur Treppe. Pierrette wandte sich um, blickte zum Ende des Gangs und winkte einen wehmütig-heiteren Abschiedsgruß hin. Fridolin folgte ihrem Blick; dort standen keine Femrichter mehr, sondern zwei schlanke junge Herrn in Frack und weißer Krawatte, doch beide noch mit den roten Larven über den Gesichtern. Pierrette schwebte die Wendeltreppe hinab, Gibiser ging hinter ihr, ihnen folgte Fridolin. Im Vorzimmer unten öffnete Gibiser eine Tür, die nach den inneren Räumen führte, und sagte zu Pierrette: »Du gehst augenblicklich zu Bette, verworfenes Geschöpf, wir sprechen uns, sobald ich mit den Herren oben abgerechnet habe.«

Sie stand in der Türe, weiß und zart, und schüttelte mit einem Blick auf Fridolin traurig den Kopf. Fridolin erblickte in einem großen Wandspiegel rechts einen hageren Pilger, der niemand anderer war als er selbst, und wunderte sich darüber, mit so natürlichen Dingen es eigentlich zuging.

Pierrette war verschwunden, der alte Maskenverleiher sperrte hinter ihr ab. Dann öffnete er die Wohnungstür und drängte Fridolin ins Stiegenhaus.

»Verzeihen Sie«, sagte Fridolin, »meine Schuldigkeit...«

»Lassen Sie, mein Herr, Bezahlung erfolgt bei Rückstellung, ich traue Ihnen.«

Doch Fridolin rührte sich nicht vom Fleck. »Sie schwören mir, daß Sie dem armen Kind nichts Böses tun werden?«

»Was kümmert Sie das, Herr?«

»Ich hörte, wie Sie die Kleine vorher als wahnsinnig bezeichneten – und jetzt nannten Sie sie ein verworfenes Geschöpf. Ein auffallender Widerspruch, Sie werden es nicht leugnen.«

»Nun, mein Herr«, entgegnete Gibiser mit einem Ton wie auf dem Theater, »ist der Wahnsinnige nicht verworfen vor Gott?«

Fridolin schüttelte sich angewidert.

»Wie immer«, bemerkte er dann, »es wird sich Rat schaffen lassen. Ich bin Arzt. Wir reden morgen weiter über die Sache.«

Gibiser lachte höhnisch und lautlos. Im Stiegenhaus flammte plötzlich Licht auf, die Türe zwischen Gibiser und Fridolin schloß sich, und sofort wurde der Riegel vorgelegt. Fridolin entledigte sich, während er die Treppe hinunterging, des Huts, der Kutte, der Larve, nahm alles unter den Arm, der Hausbesorger öffnete das Tor, die Trauerkutsche stand gegenüber, mit dem unbeweglichen Lenker auf dem Bock. Nachtigall schickte sich eben an, das Café zu verlassen, und schien nicht sehr angenehm berührt, daß Fridolin pünktlich zur Stelle war.

»Du hast dir also richtig ein Kostüm verschafft?«

»Wie du siehst. Und die Parole?«

»Du bestehst also darauf?«

»Unbedingt.«

»Also – Parole ist Dänemark.«

»Bist du toll, Nachtigall?«

»Weshalb toll?«

»Nichts, nichts. – Ich war zufällig heuer im Sommer an der dänischen Küste. Also steig ein – aber nicht gleich, damit ich Zeit habe, mir drüben einen Wagen zu nehmen.«

Nachtigall nickte, zündete sich gemächlich eine Zigarette an, indes überquerte Fridolin rasch die Straße, nahm einen Fiaker und wies im harmlosen Ton, als handle es sich um einen Scherz, seinen Kutscher an, dem Trauerwagen zu folgen, der sich eben vor ihnen in Bewegung setzte.

Sie fuhren über die Alserstraße, dann unter einem Bahnviadukt der Vorstadt zu und weiter durch schlecht beleuchtete menschenleere Nebengassen. Fridolin erwog die Möglichkeit, daß der Kutscher seines Wagens die Spur des vorderen verlieren könnte; doch sooft er den Kopf durch das offene Fenster in die unnatürlich warme Luft hinaussteckte, immer sah er den anderen Wagen in mäßiger Entfernung vor sich, und unbeweglich saß der Kutscher mit dem hohen schwarzen Zylinder auf dem Bock. Es könnte auch übel ausgehen, dachte Fridolin. Dabei spürte er immer noch den Geruch von Rosen und Puder, der von Pierrettens Brüsten zu ihm aufgestiegen war. An welch einem seltsamen Roman bin ich da vorübergestreift? fragte er sich. Ich hätte nicht fortgehen sollen, vielleicht nicht dürfen. Wo bin ich nun eigentlich?

Zwischen bescheidenen Villen in langsamer Steigung ging es hinan. Nun glaubte Fridolin sich zurechtzufinden; Spaziergänge hatten ihn vor Jahren manchmal hierhergeführt: es mußte der Galitzinberg sein, den er hinanfuhr. Zur Linken in der Tiefe sah er die in Dunst verschwimmende, von tausend Lichtern flimmernde Stadt. Er hörte Räderrollen hinter sich und blickte aus dem Fenster nach rückwärts. Zwei Wagen fuhren hinter ihm, und das war ihm lieb, so konnte er dem Trauerkutscher in keinem Fall verdächtig sein.

Plötzlich, mit einem sehr heftigen Ruck, bog der Wagen seitlich ab, und zwischen Gittern, Mauern, Abhängen ging es abwärts wie in eine Schlucht. Fridolin fiel es ein, daß es höchste Zeit war, sich zu maskieren. Er zog den Pelz aus, fuhr in die Kutte, geradeso wie er jeden Morgen auf der Spitalabteilung in die Ärmel seines Leinenkittels zu schlüpfen pflegte; und wie an etwas Erlösendes dachte er daran, daß er in wenigen Stunden schon, wenn alles gut ging, wie jeden Morgen zwischen den Betten seiner Kranken herumgehen würde – ein hilfsbereiter Arzt.

Der Wagen stand still. Wie wär's, dachte Fridolin, wenn ich gar nicht erst ausstiege – sondern lieber gleich zurückkehrte? Aber wohin? Zu der kleinen Pierrette? Oder zu dem Dirnchen in der Buchfeldgasse? Oder zu Marianne, der Tochter des Verstorbenen? Oder nach Hause? Und mit einem leichten Schauer empfand er, daß er nirgendshin sich weniger sehnte als gerade dorthin. Oder war es, weil dieser Weg ihn der weiteste dünkte? Nein, ich kann nicht zurück, dachte er bei sich. Weiter meinen Weg, und wär's mein Tod. Er lachte selbst zu dem großen Wort, aber sehr heiter war ihm dabei nicht zumut.

Ein Gartentor stand weit offen. Die Trauerkutsche vor ihm fuhr eben tiefer in die Schlucht hinab oder in das Dunkel, das ihm so erschien. Nachtigall war also jedenfalls schon ausgestiegen. Fridolin sprang rasch aus dem Wagen, wies den Kutscher an, oben an jener Biegung seine Rückkehr abzuwarten, solange es auch dauern sollte. Und um sich seiner zu versichern, entlohnte er ihn im vorhinein reichlich und versprach ihm einen gleichen Betrag für die Rückfahrt. Die Wagen, die dem seinen gefolgt waren, kamen angefahren. Aus dem ersten sah Fridolin eine verhüllte Frauengestalt steigen; dann trat er in den Garten, nahm die Larve vor, ein schmaler, vom Hause her beleuchteter Pfad führte bis zum Tor, zwei Flügel sprangen auf, und Fridolin befand sich in einer schmalen weißen Vorhalle. Harmoniumklänge tönten ihm entgegen, zwei Diener in dunkler Livree, die Gesichter grau verlarvt, standen rechts und links.

»Parole?« umflüsterte es ihn zweistimmig. Und er erwiderte: »Dänemark.« Der eine Diener nahm seinen Pelz in Empfang und verschwand damit in einem Nebenraum, der andere öffnete eine Tür, und Fridolin trat in einen dämmerigen, fast dunklen hohen Saal, der ringsum von schwarzer Seide umhangen war. Masken, durchaus in geistlicher Tracht, schritten auf und ab,

sechzehn bis zwanzig Personen, Mönche und Nonnen. Die Harmoniumklänge, sanft anschwellend, eine italienische Kirchen-
melodie, schienen aus der Höhe herabzutönen. In einem Winkel
des Saales stand eine kleine Gruppe, drei Nonnen und zwei
Mönche; von dort aus hatte man sich flüchtig zu ihm hin und
gleich wieder, wie mit Absicht, abgewandt. Fridolin merkte,
daß er als einziger das Haupt bedeckt hatte, nahm den Pilgerhut
ab und wandelte so harmlos als möglich auf und nieder; ein
Mönch streifte seinen Arm und nickte einen Gruß; doch hinter
der Maske bohrte sich ein Blick, eine Sekunde lang, tief in Fridolins Augen. Ein fremdartiger, schwüler Wohlgeruch, wie von
südländischen Gärten, umfing ihn. Wieder streifte ihn ein Arm.
Diesmal war es der einer Nonne. Wie die andern hatte auch sie
um Stirn, Haupt und Nacken einen schwarzen Schleier geschlungen, unter den schwarzen Seidenspitzen der Larve leuchtete ein blutroter Mund. Wo bin ich? dachte Fridolin. Unter Irr-
sinnigen? Unter Verschwörern? Bin ich in die Versammlung
irgendeiner religiösen Sekte geraten? War Nachtigall vielleicht
beordert, bezahlt, irgendeinen Uneingeweihten mitzubringen,
den man zum besten haben wollte? Doch für einen Masken-
scherz schien ihm alles zu ernst, zu eintönig, zu unheimlich. Den
Harmoniumklängen hatte sich eine weibliche Stimme beige-
sellt, eine altitalienische geistliche Arie tönte durch den Raum.
Alle standen still, schienen zu lauschen, auch Fridolin gab sich
für eine Weile der wundervoll anschwellenden Melodie gefan-
gen. Plötzlich flüsterte eine weibliche Stimme hinter ihm:
»Wenden Sie sich nicht nach mir um. Noch ist es Zeit, daß Sie
sich entfernen. Sie gehören nicht hierher. Wenn man es ent-
deckte, erginge es Ihnen schlimm.«

Fridolin schrak zusammen. Eine Sekunde lang dachte er der
Warnung zu folgen. Aber die Neugier, die Lockung und vor
allem sein Stolz waren stärker als jedes Bedenken. Nun bin ich
einmal so weit, dachte er, mag es enden, wie es wolle. Und er
schüttelte verneinend den Kopf, ohne sich umzuwenden.«

Da flüsterte die Stimme hinter ihm: »Es täte mir leid um Sie.«

Jetzt wandte er sich um. Er sah den blutroten Mund durch die

Spitzen schimmern, dunkle Augen sanken in die seinen. »Ich bleibe«, sagte er in einem heroischen Ton, den er nicht an sich kannte, und wandte das Antlitz wieder ab. Der Gesang schwoll wundersam an, das Harmonium tönte in einer neuen, durchaus nicht mehr kirchlichen Weise, sondern weltlich, üppig, wie eine Orgel brausend; und um sich schauend, merkte Fridolin, daß die Nonnen alle verschwunden waren und sich nur mehr Mönche im Saale befanden. Auch die Gesangsstimme war indes aus ihrem dunklen Ernst über einen kunstvoll ansteigenden Triller ins Helle und Jauchzende übergegangen, statt des Harmoniums aber hatte irdisch und frech ein Klavier eingesetzt. Fridolin erkannte sofort Nachtigalls wilden, aufreizenden Anschlag, und die vorher so edle weibliche Frauenstimme hatte sich in einem letzten grellen, wollüstigen Aufschrei gleichsam durch die Decke davongeschwungen in die Unendlichkeit. Türen rechts und links hatten sich aufgetan, auf der einen Seite erkannte Fridolin am Klavier die verdämmernden Umrisse von Nachtigalls Gestalt, der gegenüberliegende Raum aber strahlte in blendender Helle, und Frauen standen unbeweglich da, alle mit dunklen Schleiern um Haupt, Stirn und Nacken, schwarze Spitzenlarven über dem Antlitz, aber sonst völlig nackt. Fridolins Augen irrten durstig von üppigen zu schlanken, von zarten zu prangend erblühten Gestalten; – und daß jede dieser Unverhüllten doch ein Geheimnis blieb und aus den schwarzen Masken als unlöslichste Rätsel große Augen zu ihm herüberstrahlten, das wandelte ihm die unsägliche Lust des Schauens in eine fast unerträgliche Qual des Verlangens. Doch wie ihm erging es wohl auch den andern. Die ersten entzückten Atemzüge wandelten sich zu Seufzern, die nach einem tiefen Weh klangen; irgendwo entrang sich ein Schrei; – und plötzlich, als wären sie gejagt, stürzten sie alle, nicht mehr in ihren Mönchskutten, sondern in festlichen weißen, gelben, blauen, roten Kavalierstrachten aus dem dämmerigen Saal zu den Frauen hin, wo ein tolles, beinahe böses Lachen sie empfing. Fridolin war der einzige, der als Mönch zurückgeblieben war, und schlich sich, einigermaßen ängstlich, in die entfernteste Ecke, wo er sich Nachtigall nahe befand, der ihm den Rücken zugewendet hatte. Fridolin sah wohl, daß Nachtigall eine Binde um die Augen trug, aber zugleich glaubte er zu bemerken, wie hinter dieser Binde seine Augen in den hohen Spiegel gegenüber sich bohrten, in dem die bunten Kavaliere mit ihren nackten Tänzerinnen sich drehten.

Plötzlich stand eine der Frauen neben Fridolin und flüsterte – denn niemand, als müßten auch die Stimmen Geheimnis bleiben, sprach ein lautes Wort –: »Warum so einsam? Warum schließest du dich vom Tanze aus?«

Fridolin sah, daß von einer anderen Ecke her ihn zwei Edelleute scharf ins Auge gefaßt hatten, und er vermutete, daß das Geschöpf an seiner Seite – es war knabenhaft und schlank gewachsen – zu ihm gesandt war, ihn zu prüfen und zu versuchen. Trotzdem breitete er die Arme nach ihr aus, um sie an sich zu ziehen, als ein anderes der Weiber sich von ihrem Tänzer löste und geradewegs zu Fridolin gelaufen kam. Er wußte sofort, daß es seine Warnerin von früher war. Sie stellte sich an, als erblicke sie ihn zum erstenmal, und flüsterte, doch so vernehmlich, daß man sie auch in jener anderen Ecke hören mußte: »Bist du endlich zurück?« Und heiter lachend: »Es ist alles vergeblich, du bist erkannt.« Und zu der Knabenhaften gewandt: »Laß mir ihn nur für zwei Minuten. Dann sollst du ihn gleich wieder, wenn du willst, bis zum Morgen haben.« Und leiser zu ihr, wie freudig: »Er ist es, ja, er.« Die andere erstaunt: »Wirklich?« und schwebte fort in die Ecke zu den Kavalieren.

»Frage nicht«, sprach nun die Zurückbleibende zu Fridolin, »und wundere dich über nichts. Ich versuchte sie irrezuführen, aber ich sage dir gleich: auf die Dauer kann es nicht gelingen. Flieh, ehe es zu spät ist. Und es kann in jedem Augenblick zu spät sein. Und gib acht, daß man deine Spur nicht verfolgt. Niemand darf erfahren, wer du bist. Mit deiner Ruhe, mit dem Frieden deines Daseins wäre es vorbei für immer. Geh!«

»Seh’ ich dich wieder?«

»Unmöglich.«

»So bleib’ ich.«

Ein Zittern ging durch ihren nackten Leib, das sich ihm mitteilte und ihm fast die Sinne umnebelte.

»Es kann nicht mehr auf dem Spiel stehen als mein Leben«, sagte er, »und das bist du mir in diesem Augenblick wert.« Er faßte ihre Hände, versuchte sie an sich zu ziehen.

Sie flüsterte wieder, wie verzweifelt: »Geh!«

Er lachte und hörte sich, wie man sich im Traume hört. »Ich sehe ja, wo ich bin. Ihr seid doch nicht nur darum da, ihr alle, damit man von euerm Anblick toll wird! Du treibst nur einen besondern Spaß mit mir, um mich völlig verrückt zu machen.«

»Es wird zu spät, geh!«

Er wollte sie nicht hören. »Es sollte hier keine verschwiegenen Gemächer geben, in die Paare sich zurückziehen, die sich gefunden haben? Werden alle, die hier sind, mit höflichen Handküssen voneinander Abschied nehmen? Sie sehen nicht danach aus.«

Und er wies auf die Paare, die nach den rasenden Klängen des Klaviers in dem überhellen, spiegelnden Nebenraume weitertanzten, glühende, weiße Leiber an blaue, rote, gelbe Seide geschmiegt. Ihm war, als kümmerte sich jetzt niemand um ihn und die Frau neben ihm; sie standen in dem fast dunklen Mittelsaal ganz allein.

»Vergebliche Hoffnung«, flüsterte sie. »Es gibt hier keine Gemächer, wie du sie dir träumst. Es ist die letzte Minute. Flieh!«

»Komme mit mir.«

Sie schüttelte heftig den Kopf, wie verzweifelt.

Er lachte wieder und kannte sein Lachen nicht. »Du hältst mich zum besten. Sind diese Männer und diese Frauen hierher gekommen, nur um einander zu entflammen und dann zu verschmähen? Wer kann dir verbieten, mit mir fortzugehen, wenn du willst?«

Sie atmete tief auf und senkte das Haupt.

»Ah, nun versteh' ich«, sagte er. »Es ist die Strafe, die ihr dem bestimmt habt, der sich ungeladen einschleicht. Ihr hättet keine grausamere ersinnen können. Erlasse sie mir. Begnadige mich. Verhänge eine andere Buße über mich. Nur nicht diese, daß ich ohne dich gehen soll!«

»Du bist wahnsinnig. Ich kann nicht mit dir von hier fortgehen, sowenig – wie mit irgendeinem andern. Und wer versuchen wollte, mir zu folgen, hätte sein und mein Leben verwirkt.«

Fridolin war wie trunken, nicht nur von ihr, ihrem duftenden Leib, ihrem rotglühenden Mund, nicht nur von der Atmosphäre dieses Raums, den wollüstigen Geheimnissen, die ihn hier umgaben; – er war berauscht und durstig zugleich von all den Erlebnissen dieser Nacht, deren keines einen Abschluß gehabt hatte; von sich selbst, von seiner Kühnheit, von der Wandlung, die er in sich spürte. Und er rührte mit den Händen an den Schleier, der um ihr Haupt geschlungen war, als wollte er ihn herunterziehen.

Sie ergriff seine Hände. »Es war eine Nacht, da fiel es einem ein, einer von uns im Tanz den Schleier von der Stirn zu reißen. Man riß ihm die Larve vom Gesicht und peitschte ihn hinaus.«

»Und – sie?«

»Du hast vielleicht von einem schönen, jungen Mädchen gelesen... es sind erst wenige Wochen her, die am Tag vor ihrer Hochzeit Gift nahm.«

Er erinnerte sich, auch des Namens. Er nannte ihn. War es nicht ein Mädchen aus fürstlichem Hause, das mit einem italienischen Prinzen verlobt gewesen war?

Sie nickte.

Plötzlich stand einer der Kavaliere da, der vornehmste von allen, der einzige in weißer Tracht; und mit einer kurzen, zwar höflichen, doch zugleich gebieterischen Verneigung forderte er die Frau, mit der Fridolin sprach, zu einem Tanze auf. Es war Fridolin, als zögerte sie einen Augenblick. Doch schon hatte der andere sie umfaßt und wirbelte mit ihr davon zu den andern Paaren im erleuchteten Nebensaal.

Fridolin fand sich allein, und diese plötzliche Verlassenheit überfiel ihn wie Frost. Er sah um sich. In diesem Augenblick schien sich niemand um ihn zu kümmern. Vielleicht war jetzt noch eine letzte Möglichkeit, sich ungestraft zu entfernen. Was ihn trotzdem in seine Ecke gebannt hielt, wo er sich nun ungesehen und unbeachtet fühlen durfte – die Scheu vor einem ruhmlosen und etwas lächerlichen Rückzug, das ungestillte, quälende Verlangen nach dem wundersamen Frauenleib, dessen Duft noch um ihn strich; oder die Erwägung, daß alles, was bisher geschehen, vielleicht eine Prüfung seines Muts bedeutet hätte und daß ihm die herrliche Frau als Preis zufallen würde – das wußte er selbst nicht. Jedenfalls aber war ihm klar, daß diese Spannung nicht länger zu ertragen war und daß er auf alle Gefahr hin diesem Zustand ein Ende machen mußte. Wozu immer er sich entschlösse, das Leben konnte es nicht kosten. Er befand sich vielleicht unter Narren, vielleicht unter Wüstlingen, gewiß nicht unter Buben oder Verbrechern. Und es kam ihm der Einfall, unter sie hinzutreten, sich selbst als Eindringling zu bekennen und sich ihnen in ritterlicher Weise zur Verfügung zu stellen. Nur in solcher Art, wie mit einem edeln Akkord, durfte diese Nacht abschließen, wenn sie mehr bedeuten sollte als ein schattenhaft wüstes Nacheinander von düsteren, trübseligen, skurrilen und lüsternen Abenteuern, deren doch keines zu Ende gelebt worden war. Und aufatmend machte er sich bereit.

In diesem Augenblick aber flüsterte es neben ihm: »Parole!« Ein schwarzer Kavalier war unversehens zu ihm hingetreten, und da Fridolin nicht gleich erwiderte, stellte er seine Frage ein zweites Mal. »Dänemark«, sagte Fridolin.

»Ganz recht, mein Herr, dies ist die Parole des Eingangs. Die Parole des Hauses, wenn ich bitten darf?«

Fridolin schwieg.

»Sie wollen nicht die Güte haben, uns die Parole des Hauses zu sagen?« Es klang messerscharf.

Fridolin zuckte die Achseln. Der andere trat in die Mitte des Raumes, erhob die Hand, das Klavierspiel verstummte, der Tanz brach ab. Zwei andere Kavaliere, einer in Gelb, der andere in Rot, traten herzu. »Die Parole, mein Herr«, sagten sie beide gleichzeitig.

»Ich habe sie vergessen«, erwiderte Fridolin mit einem leeren Lächeln und fühlte sich ganz ruhig.

»Das ist ein Unglück«, sagte der Herr in Gelb, »denn es gilt hier gleich, ob Sie die Parole vergessen oder ob Sie sie nie gekannt haben.«

Die andern männlichen Masken strömten herein, die Türen nach beiden Seiten schlossen sich. Fridolin stand allein da im Mönchsgewand mitten unter bunten Kavalieren.

»Die Maske herunter!« riefen einige zugleich. Wie zum Schutz hielt Fridolin die Arme vor sich hingestreckt. Tausendmal schlimmer wäre es ihm erschienen, der einzige mit unverlarvtem Gesicht unter lauter Masken dazustehen, als plötzlich unter Angekleideten nackt. Und mit fester Stimme sagte er: »Wenn einer von den Herren sich durch mein Erscheinen in seiner Ehre gekränkt fühlen sollte, so erkläre ich mich bereit, ihm in üblicher Weise Genugtuung zu geben. Doch meine Maske werde ich nur in dem Falle ablegen, daß Sie alle das gleiche tun, meine Herren.«

»Es handelt sich hier nicht um Genugtuung«, sagte der rotgekleidete Kavalier, der bisher noch nicht gesprochen hatte, »sondern um Sühne.«

»Die Maske herunter!« befahl wieder ein anderer mit einer hellen frechen Stimme, durch die sich Fridolin an den Kommandoton eines Offiziers erinnert fühlte. »Man wird Ihnen ins Gesicht sagen, was Ihrer harrt, und nicht in Ihre Larve.«

»Ich nehme sie nicht ab«, sagte Fridolin in noch schärferem Ton, »und wehe dem, der es wagt, mich zu berühren.«

Irgendein Arm griff plötzlich nach seinem Gesicht, wie um ihm die Maske herunterzureißen, als plötzlich die eine Tür sich auftat und eine der Frauen – Fridolin konnte sich nicht im Zweifel darüber befinden, welche es war – dastand, in Nonnentracht, so wie er sie zuerst erblickt hatte. Hinter ihr aber in dem überhellten Raum waren die andern zu sehen, nackt mit verhüllten Gesichtern, aneinandergedrängt, stumm, eine verschüchterte Schar. Doch die Türe schloß sich sofort wieder.

»Laßt ihn«, sagte die Nonne, »ich bin bereit, ihn auszulösen.«

Ein kurzes tiefes Schweigen, als wenn etwas Ungeheueres sich ereignet hätte, dann wandte sich der schwarze Kavalier, der Fridolin zuerst die Parole abverlangt hatte, an die Nonne mit den Worten: »Du weißt, was du damit auf dich nimmst. «

»Ich weiß es. «

Wie ein tiefes Aufatmen ging es durch den Raum.

»Sie sind frei«, sagte der Kavalier zu Fridolin, »verlassen Sie ungesäumt dieses Haus und hüten Sie sich, weiter nach den Geheimnissen zu forschen, in deren Vorhof Sie sich eingeschlichen haben. Sollten Sie irgend jemanden auf unsere Spur zu leiten versuchen, ob es nun glückte oder nicht – Sie wären verloren. «

Fridolin stand unbeweglich. »Auf welche Weise soll – diese Frau mich auslösen?« fragte er.

Keine Antwort. Einige Arme wiesen der Türe zu, zum Zeichen, er möge sich unverzüglich entfernen.

Fridolin schüttelte den Kopf. »Verhängen Sie über mich, meine Herren, was Ihnen beliebt, ich werde nicht dulden, daß ein anderes menschliches Wesen für mich bezahlt. «

»An dem Los dieser Frau«, sagte der schwarze Kavalier nun ganz sanft, »würden Sie doch nichts mehr ändern. Wenn hier ein Versprechen geleistet wurde, gibt es kein Zurück. «

Die Nonne nickte langsam wie zur Bestätigung. »Geh!« sagte sie zu Fridolin.

»Nein«, erwiderte dieser in erhöhtem Ton. »Das Leben hat keinen Wert mehr für mich, wenn ich ohne dich von hier fortgehen soll. Woher du kommst, wer du bist, ich frage nicht danach. Was kann es Ihnen, meine unbekannten Herren, bedeuten, ob Sie diese Faschingskomödie, und sei sie auch auf einen ernsthaften Schluß angelegt, zu Ende spielen oder nicht. Wer immer Sie sein mögen, meine Herren, Sie führen in jedem Fall noch eine andere Existenz als diese. Ich aber spiele keinerlei Komödie, auch nicht hier, und wenn ich es bisher notgedrungen getan habe, so gebe ich es jetzt auf. Ich fühle, daß ich in ein Schicksal geraten bin, das mit dieser Mummerei nichts mehr zu tun hat, ich will Ihnen meinen Namen nennen, ich will meine Larve abtun und nehme alle Folgen auf mich. «

»Hüte dich!« rief die Nonne aus, »du würdest dich verderben, ohne mich zu retten! Geh!« Und zu den andern gewendet: »Hier bin ich, hier habt ihr mich – alle!«

Die dunkle Tracht fiel wie durch einen Zauber von ihr ab, im Glanz ihres weißen Leibes stand sie da, sie griff nach dem Schleier, der ihr um Stirn, Haupt und Nacken gewunden war, und mit einer wundersamen runden Bewegung wand sie ihn los. Er sank zu Boden, dunkle Haare stürzten ihr über Schultern, Brust und Lenden – doch ehe noch Fridolin das Bild ihres Antlitzes zu erhaschen vermochte, war er von unwiderstehlichen Armen erfaßt, fortgerissen und zur Türe gedrängt worden; im Augenblick darauf befand er sich im Vorraum, die Türe hinter ihm fiel zu, ein verlarvter Bedienter brachte ihm den Pelz, war ihm beim Anziehen behilflich, und das Haustor öffnete sich. Wie von einer unsichtbaren Gewalt fortgetrieben eilte er weiter, er stand auf der Straße, das Licht hinter ihm erlosch, er blickte sich um und sah das Haus schweigend daliegen mit verschlossenen Fenstern, aus denen kein Schimmer drang. Daß ich mir nur alles genau einpräge, dachte er vor allem. Ich muß das Haus wiederfinden, alles Weitere ergibt sich.

Nacht war um ihn, in einiger Entfernung über ihm, dort, wo der Wagen seiner warten sollte, leuchtete trüb-rötlich eine Laterne. Aus der Tiefe der Gasse fuhr die Trauerkutsche vor, als hätte er nach ihr gerufen. Ein Diener öffnete den Schlag.

»Ich habe meinen Wagen«, sagte Fridolin. Der Bediente schüttelte den Kopf. »Sollte er davongefahren sein, so werde ich zu Fuß nach der Stadt zurückkehren.«

Der Diener antwortete mit einer Handbewegung so wenig bedientenhafter Art, daß sie jeden Widerspruch ausschloß. Der Zylinder des Kutschers ragte lächerlich lang in die Nacht auf. Der Wind blies heftig, über den Himmel hin flogen violette Wolken. Fridolin konnte sich nach seinen bisherigen Erlebnissen nicht darüber täuschen, daß ihm nichts übrigblieb, als in den Wagen zu steigen, der sich auch mit ihm unverzüglich in Bewegung setzte.

Fridolin fühlte sich entschlossen, auf alle Gefahr hin die Auf-

klärung des Abenteuers, sobald es anging, in Angriff zu nehmen. Sein Dasein, so schien ihm, hatte nicht den geringsten Sinn
mehr, wenn es ihm nicht gelang, die unbegreifliche Frau wie-
derzufinden, die in dieser Stunde den Preis für seine Rettung
bezahlte. Was für einen, das war allzu leicht zu erraten. Aber
welchen Anlaß hatte sie, sich für ihn zu opfern? Zu opfern –?
War sie überhaupt eine Frau, für die, was ihr bevorstand, was sie
nun über sich ergehen ließ, ein Opfer bedeutete? Wenn sie an
diesen Gesellschaften teilnahm – und es konnte heute nicht zum
erstenmal der Fall sein, da sie sich in die Bräuche so eingeweiht
zeigte –, was mochte ihr daran liegen, einem dieser Kavaliere
oder ihnen allen zu Willen zu sein? Ja, konnte sie überhaupt
etwas anderes sein als eine Dirne? Konnten alle diese Weiber
etwas anderes sein? Dirnen – kein Zweifel. Auch wenn sie alle
noch irgendein zweites, sozusagen bürgerliches Leben neben
diesem führten, das eben ein Dirnenleben war. Und war nicht
alles, was er eben erlebt, wahrscheinlich nur ein infamer Spaß
gewesen, den man sich mit ihm erlaubt hatte? Ein Spaß, der für
den Fall, daß sich einmal ein Unberufener hier einschleichen
sollte, schon vorgesehen, vorbereitet, ja möglicherweise einstu-
diert war? Und doch, wenn er nun wieder dieser Frau dachte,
die ihn von Anfang an gewarnt hatte, die nun bereit war, für ihn
zu bezahlen – in ihrer Stimme, in ihrer Haltung, in dem könig-
lichen Adel ihres unverhüllten Leibes war etwas gewesen, das
unmöglich Lüge sein konnte. Oder hatte vielleicht nur seine,
Fridolins plötzliche Erscheinung als Wunder gewirkt, sie zu ver-
wandeln? Nach allem, was ihm in dieser Nacht begegnet war,
hielt er – und er war sich in diesem Gedanken keiner Geckerei
bewußt – auch ein solches Wunder nicht für unmöglich. Vielleicht gibt es Stunden, Nächte, dachte er, in denen solch ein seltsamer, unwiderstehlicher Zauber von Männern ausgeht, denen
unter gewöhnlichen Umständen keine sonderliche Macht über
das andere Geschlecht innewohnt?

Der Wagen fuhr immer hügelaufwärts, längst hätte er,
wenn's mit rechten Dingen zuging, in die Hauptstraße einbie-
gen müssen. Was hatte man mit ihm vor? Wohin sollte ihn der

Wagen bringen? Sollte die Komödie vielleicht noch eine Fortsetzung finden? Und welcher Art sollte diese sein? Aufklärung vielleicht? Heiteres Wiederfinden an anderm Ort? Lohn nach rühmlich bestandener Probe, Aufnahme in die geheime Gesellschaft? Ungestörter Besitz der herrlichen Nonne –? Die Wagenfenster waren geschlossen, Fridolin versuchte hinauszublicken; – sie waren undurchsichtig. Er wollte die Fenster öffnen, rechts, links, es war unmöglich; und ebenso undurchsichtig, ebenso fest verschlossen war die Glaswand zwischen ihm und dem Kutschbock. Er klopfte an die Scheiben, er rief, er schrie, der Wagen fuhr weiter. Er wollte den Wagenschlag öffnen, rechts, links, sie gaben keinem Drucke nach, sein neuerliches Rufen verhallte im Knarren der Räder, im Sausen des Windes. Der Wagen begann zu holpern, fuhr bergab, immer rascher, Fridolin, von Unruhe, von Angst erfaßt, war eben daran, eines der blinden Fenster zu zerschmettern, als der Wagen plötzlich stillstand. Beide Türen öffneten sich gleichzeitig wie durch einen Mechanismus, als wäre nun Fridolin ironischerweise die Wahl zwischen rechts und links gegeben. Er sprang aus dem Wagen, die Türen klappten zu – und ohne daß der Kutscher sich um Fridolin im geringsten gekümmert hatte, fuhr der Wagen davon, über das freie Feld in die Nacht hinein.

Der Himmel war bedeckt, die Wolken jagten, der Wind pfiff, Fridolin stand im Schnee, der ringsum eine blasse Helligkeit verbreitete. Er stand allein mit offenem Pelz über seinem Mönchsgewand, den Pilgerhut auf dem Kopf, und es war ihm nicht eben heimlich zumute. In einiger Entfernung lief die breite Straße. Eine Prozession von trübflackernden Laternen bezeichnete die Richtung nach der Stadt. Fridolin aber lief geradeaus, den Weg abkürzend, über das mäßig sich senkende, beschneite Feld nach abwärts, um so rasch als möglich unter Menschen zu gelangen. Mit durchnäßten Füßen kam er in ein schmales, fast unbeleuchtetes Gäßchen, schritt zuerst zwischen hohen Planken hin, die im Sturme ächzten; um die nächste Ecke geriet er in eine etwas breitere Gasse, wo spärliche kleine Häuser und leere Bauplätze miteinander abwechselten. Von einer Turmuhr schlug es drei

Uhr morgens. Jemand kam Fridolin entgegen, in kurzer Jacke, die Hände in den Hosentaschen, den Kopf zwischen die Schultern gezogen, den Hut tief in die Stirne gedrückt. Fridolin stellte sich wie gegen einen Angriff in Bereitschaft, aber unerwarteterweise machte der Strolch plötzlich kehrt und lief davon. Was bedeutet das? fragte sich Fridolin. Dann besann er sich, daß er unheimlich genug aussehen mochte, nahm den Pilgerhut vom Kopf, knöpfte den Mantel zu, unter dem das Mönchshabit bis über die Knöchel schlotterte. Wieder bog er um eine Ecke; er betrat eine vorortliche Hauptstraße, ein ländlich gekleideter Mensch kam an ihm vorüber und grüßte, wie man einen Priester grüßt. Der Lichtstrahl einer Laterne fiel auf die Straßentafel des Eckhauses. Liebhartstal – also nicht sehr weit von dem Haus, das er vor kaum einer Stunde verlassen. Eine Sekunde lockte es ihn, den Weg zurück zu nehmen, in der Nähe des Hauses der weiteren Dinge zu harren. Doch er stand sofort ab, in der Erwägung, daß er sich in schlimme Gefahr begeben hätte und der Lösung des Rätsels doch kaum näher gekommen wäre. Die Vorstellung der Dinge, die sich eben jetzt in der Villa ereignen mochten, erfüllte ihn mit Grimm, Verzweiflung, Beschämung und Angst. Dieser Gemütszustand war so unerträglich, daß Fridolin beinahe bedauerte, von dem Strolch, dem er begegnet war, nicht angefallen worden zu sein, ja beinahe bedauerte, nicht mit einem Messerstich zwischen den Rippen an einer Planke in der verlorenen Gasse zu liegen. So hätte diese unsinnige Nacht mit ihren läppischen, abgebrochenen Abenteuern am Ende doch eine Art von Sinn erhalten. So heimzukehren, wie er nun im Begriff war, erschien ihm geradezu lächerlich. Aber noch war nichts verloren. Morgen war auch ein Tag. Er schwor sich, nicht zu ruhen, ehe er das schöne Weib wiedergefunden, dessen blendende Nacktheit ihn berauscht hatte. Und nun erst dachte er an Albertine – doch so, als hätte er auch sie erst zu erobern, als könnte sie, als dürfte sie nicht früher wieder die Seine werden, ehe er sie mit all den andern von heute nacht, mit der nackten Frau, mit Pierrette, mit Marianne, mit dem Dirnchen aus der engen Gasse hintergangen. Und sollte er sich nicht auch bemü-

hen, den frechen Studenten ausfindig zu machen, der ihn ange-
rempelt hatte, um ihn auf Säbel, lieber noch auf Pistolen zu for-
dern? Was lag ihm an eines andern, was an seinem eigenen Leben? Sollte man es immer nur aus Pflicht, aus Opfermut aufs
Spiel setzen, niemals aus Laune, aus Leidenschaft oder einfach,
um sich mit dem Schicksal zu messen?!

Und wieder fiel ihm ein, daß er möglicherweise schon den
Keim einer Todeskrankheit im Leibe trug. Wäre es nicht zu al-
bern, daran zu sterben, daß einem ein diphtheriekrankes Kind
ins Gesicht gehustet hatte? Vielleicht war er schon krank. Hatte
er nicht Fieber? Lag er in diesem Augenblick nicht daheim zu
Bett – und all das, was er erlebt zu haben glaubte, waren nichts
als Delirien gewesen?!

Fridolin riß die Augen so weit auf als möglich, strich sich über
Stirn und Wange, fühlte nach seinem Puls. Kaum beschleunigt.
Alles in Ordnung. Er war völlig wach.

Er ging die Straße weiter, der Stadt zu. Ein paar Marktwagen
kamen hinter ihm, rumpelten vorbei, hin und wieder begegnete
er ärmlich angezogenen Leuten, für die der Tag eben anfing.
Hinter einem Kaffeehausfenster, an einem Tisch, über dem eine
Gasflamme flackerte, saß ein dicker Mensch mit einem Schal um
den Hals, den Kopf in die Hände gestützt und schlief. Die Häuser lagen noch im Dunkel, wenige vereinzelte Fenster waren er-
leuchtet. Fridolin glaubte zu fühlen, wie die Menschen allmählich erwachten, es war ihm, als sähe er sie in ihren Betten sich
recken und rüsten zu ihrem armseligen, sauren Tag. Auch ihm
stand einer bevor, aber doch nicht armselig und trüb. Und mit
einem seltsamen Herzklopfen ward er sich freudig bewußt, daß
er in wenigen Stunden schon im weißen Leinenkittel zwischen
den Betten seiner Kranken herumgehen würde. An der nächsten
Ecke stand ein Einspänner, der Kutscher schlief auf dem Bock,
Fridolin weckte ihn, nannte ihm seine Adresse und stieg ein.

5

Es war vier Uhr morgens, als er die Treppe zu seiner Wohnung hinaufschritt. Er begab sich vor allem in sein Sprechzimmer, verschloß das Maskengewand sorgfältig in einen Schrank, und da er es vermeiden wollte, Albertine zu wecken, legte er Schuhe und Kleider ab, noch ehe er ins Schlafzimmer trat. Vorsichtig schaltete er das gedämpfte Licht seiner Nachttischlampe ein. Albertine lag ruhig, die Arme im Nacken verschlungen, ihre Lippen waren halb geöffnet, schmerzliche Schatten zogen rings um sie; es war ein Antlitz, das Fridolin nicht kannte. Er beugte sich über ihre Stirne, die sich sofort, wie unter einer Berührung, in Falten legte, ihre Mienen verzerrten sich sonderbar; und plötzlich, immer noch im Schlafe, lachte sie so schrill auf, daß Fridolin erschrak. Unwillkürlich rief er sie beim Namen. Sie lachte von neuem, wie zur Antwort, in einer völlig fremden, fast unheimlichen Weise. Nochmals und lauter rief Fridolin sie an. Nun öffnete sie die Augen, langsam, mühselig, groß, blickte ihn starr an, als erkenne sie ihn nicht.

»Albertine!« rief er zum dritten Male. Nun erst schien sie sich zu besinnen. Ein Ausdruck der Abwehr, der Furcht, ja des Entsetzens trat in ihr Auge. Sie streckte die Arme empor, sinnlos und wie verzweifelt, ihr Mund blieb geöffnet.

»Was ist dir?« fragte Fridolin stockenden Atems. Und da sie ihn immer noch wie mit Entsetzen anstarrte, fügte er wie beruhigend hinzu: »Ich bin's, Albertine.« Sie atmete tief, versuchte ein Lächeln, ließ die Arme auf die Bettdecke sinken, und wie aus der Ferne fragte sie: »Ist es schon Morgen?«

»Bald«, erwiderte Fridolin. »Vier Uhr vorüber. Eben erst bin ich nach Hause gekommen.« Sie schwieg. Er fuhr fort: »Der Hofrat ist tot. Er lag schon im Sterben, als ich kam, – und ich konnte natürlich – die Angehörigen nicht gleich allein lassen.«

Sie nickte, schien ihn aber kaum gehört oder verstanden zu haben, starrte wie durch ihn hindurch ins Leere, und ihm war – so unsinnig ihm selbst der Einfall im gleichen Augenblick erschien, als müßte ihr bekannt sein, was er in dieser Nacht erlebt hatte. Er neigte sich über sie und berührte ihre Stirn. Sie erschauerte leicht.

»Was ist dir?« fragte er wieder.

Sie schüttelte nur langsam den Kopf. Er strich ihr über die Haare. »Albertine, was ist dir?«

»Ich habe geträumt«, sagte sie fern.

»Was hast du denn geträumt?« fragte er mild.

»Ach, so viel. Ich kann mich nicht recht besinnen.«

»Vielleicht doch.«

»Es war so wirr – und ich bin müde. Und du mußt doch auch müde sein?«

»Nicht im geringsten, Albertine, ich werde kaum mehr schlafen. Du weißt ja, wenn ich so spät nach Hause komme – – das Vernünftigste wäre eigentlich, ich setzte mich sofort an den Schreibtisch – gerade in solchen Morgenstunden – –« Er unterbrach sich. »Aber willst du mir nicht doch lieber deinen Traum erzählen?« Er lächelte etwas gezwungen.

Sie antwortete: »Du solltest dich doch noch ein wenig hinlegen.«

Er zögerte eine Weile, dann tat er nach ihrem Wunsch und streckte sich an ihrer Seite aus. Doch er hütete sich, sie zu berühren. Ein Schwert zwischen uns, dachte er in der Erinnerung an eine halb scherzhafte Bemerkung gleicher Art, die einmal bei ähnlicher Gelegenheit von seiner Seite gefallen war. Sie schwiegen beide, lagen mit offenen Augen, fühlten gegenseitig ihre Nähe, ihre Ferne. Nach einer Weile stützte er den Kopf auf seinen Arm, betrachtete sie lange, als vermöchte er mehr zu sehen als nur die Umrisse ihres Anlitzes.

»Deinen Traum!« sagte er plötzlich noch einmal, und es war, als hätte sie diese Aufforderung nur erwartet. Sie streckte ihm eine Hand entgegen; er nahm sie, und gewohnheitsmäßig, mehr zerstreut als zärtlich, hielt er wie spielend ihre schlanken Finger umklammert. Sie aber begann:

»Erinnerst du dich noch des Zimmers in der kleinen Villa am Wörthersee, wo ich mit den Eltern im Sommer unserer Verlobung gewohnt habe?«

Er nickte.

»So fing der Traum nämlich an, daß ich in dieses Zimmer trat, ich weiß nicht woher – wie eine Schauspielerin auf die Szene. Ich wußte nur, daß die Eltern sich auf Reisen befanden und mich allein gelassen hatten. Das wunderte mich, denn morgen sollte unsere Hochzeit sein. Aber das Brautkleid war noch nicht da. Oder irrte ich mich vielleicht? Ich öffnete den Schrank, um nachzusehen, da hingen statt des Brautkleides eine ganze Menge von anderen Kleidern, Kostüme eigentlich, opernhaft, prächtig, orientalisch. Welches soll ich denn nur zur Hochzeit anziehen? dachte ich. Da fiel der Schrank plötzlich wieder zu oder war fort, ich weiß nicht mehr. Das Zimmer war ganz hell, aber draußen vor dem Fenster war finstere Nacht... Mit einem Male standest du davor, Galeerensklaven hatten dich hergerudert, ich sah sie eben im Dunkel verschwinden. Du warst sehr kostbar gekleidet, in Gold und Seide, hattest einen Dolch mit Silbergehänge an der Seite und hobst mich aus dem Fenster. Ich war jetzt auch herrlich angetan, wie eine Prinzessin, beide standen wir im Freien im Dämmerschein, und feine graue Nebel reichten uns bis an die Knöchel. Es war die wohlvertraute Gegend: dort war der See, vor uns die Berglandschaft, auch die Landhäuser sah ich, sie standen da wie aus einer Spielzeugschachtel. Wir zwei aber, du und ich, wir schwebten, nein, wir flogen über die Nebel hin, und ich dachte: Dies ist also unsere Hochzeitsreise. Bald aber flogen wir nicht mehr, wir gingen einen Waldweg hin, den zur Elisabethhöhe, und plötzlich befanden wir uns sehr hoch im Gebirge in einer Art Lichtung, die auf drei Seiten von Wald umfriedet war, während rückwärts eine steile Felswand in die Höhe ragte. Über uns aber war ein Sternenhimmel so blau und weit gespannt, wie er in Wirklichkeit gar nicht existiert, und das war die Decke unseres Brautgemachs. Du nahmst mich in die Arme und liebtest mich sehr.«

»Du mich hoffentlich auch«, meinte Fridolin mit einem unsichtbaren bösen Lächeln.

»Ich glaube, noch viel mehr«, erwiderte Albertine ernst. »Aber, wie soll ich dir das erklären – trotz der innigsten Umarmung war unsere Zärtlichkeit ganz schwermütig wie mit einer Ahnung von vorbestimmtem Leid. Mit einemmal war der Morgen da. Die Wiese war licht und bunt, der Wald ringsum köstlich betaut, und über der Felswand zitterten Sonnenstrahlen. Und wir beide sollten nun wieder zurück in die Welt, unter die Menschen, es war die höchste Zeit. Doch nun war etwas Fürchterliches geschehen. Unsere Kleider waren fort. Ein Entsetzen ohnegleichen erfaßte mich, brennende Scham bis zu innerer Vernichtung, zugleich Zorn gegen dich, als wärst du allein an dem Unglück schuld; – und all das: Entsetzen, Scham, Zorn war an Heftigkeit mit nichts zu vergleichen, was ich jemals im Wachsein empfunden habe. Du aber im Bewußtsein deiner Schuld stürztest davon, nackt wie du warst, um hinabzusteigen und uns Gewänder zu verschaffen. Und als du verschwunden warst, wurde mir ganz leicht zumut. Du tatest mir weder leid, noch war ich in Sorge um dich, ich war nur froh, daß ich allein war, lief glückselig auf der Wiese umher und sang: es war die Melodie eines Tanzes, die wir auf der Redoute gehört haben. Meine Stimme klang wundervoll, und ich wünschte, man sollte mich unten in der Stadt hören. Diese Stadt sah ich nicht, aber ich wußte sie. Sie lag tief unter mir und war von einer hohen Mauer umgeben; eine ganz phantastische Stadt, die ich nicht schildern kann. Nicht orientalisch, auch nicht eigentlich altdeutsch, und doch bald das eine, bald das andere, jedenfalls eine längst und für immer versunkene Stadt. Ich aber lag plötzlich auf der Wiese hingestreckt im Sonnenglanz – viel schöner, als ich je in Wirklichkeit war, und während ich so dalag, trat aus dem Wald ein Herr, ein junger Mensch hervor, in einem hellen, modernen Anzug, er sah, wie ich jetzt weiß, ungefähr aus wie der Däne, von dem ich dir gestern erzählt habe. Er ging seines Weges, grüßte sehr höflich, als er an mir vorüberkam, beachtete mich aber nicht weiter, ging geradenwegs auf die Felswand zu und betrachtete sie aufmerksam, als überlegte er, wie man sie bezwingen könnte. Zugleich aber sah ich auch dich. Du eiltest in der versunkenen Stadt von Haus zu Haus, von Kaufladen zu Kaufladen, bald unter Laubengängen, bald durch eine Art von türkischem Bazar, und kauftest die schönsten Dinge ein, die du für mich nur finden konntest: Kleider, Wäsche, Schuhe, Schmuck; – und all das tatest du in eine kleine gelbledene Handtasche, in der doch alles Platz fand. Immerfort aber warst du von einer Menschenmenge verfolgt, die ich nicht wahrnahm, ich hörte nur ihr dumpfes, drohendes Geheul. Und nun erschien der andere wieder, der Däne, der früher vor der Felswand stehengeblieben war. Wieder kam er vom Walde her auf mich zu – und ich wußte, daß er indessen um die ganze Welt gewandert war. Er sah anders aus als zuvor, aber doch war er derselbe. Er blieb wie das erstemal vor der Felswand stehen, verschwand wieder, dann kam er wieder aus dem Wald hervor, verschwand, kam aus dem Wald; das wiederholte sich zwei- oder drei- oder hundertmal. Es war immer derselbe und immer ein anderer, jedesmal grüßte er, wenn er an mir vorüberkam, endlich aber blieb er vor mir stehen, sah mich prüfend an, ich lachte verlockend, wie ich nie in meinem Leben gelacht habe, er streckte die Arme nach mir aus, nun wollte ich fliehen, doch ich vermochte es nicht – und er sank zu mir auf die Wiese hin.«

Sie schwieg. Fridolin war die Kehle trocken, im Dunkel des Zimmers merkte er, wie Albertine das Gesicht in den Händen gleichsam verborgen hielt.

»Ein merkwürdiger Traum«, sagte er. »Ist er schon zu Ende?« Und da sie verneinte: »So erzähl' doch weiter.«

»Es ist nicht so leicht«, begann sie wieder. »In Worten lassen sich diese Dinge eigentlich kaum ausdrücken. Also – mir war, als erlebte ich unzählige Tage und Nächte, es gab weder Zeit noch Raum, es war auch nicht mehr die von Wald und Fels eingefriedete Lichtung, in der ich mich befand, es war eine weit, unendlich weithin gedehnte, blumenbunte Fläche, die sich nach allen Seiten in den Horizont verlor. Ich war auch längst – seltsam: dieses längst! – nicht mehr mit diesem einen Mann allein auf der Wiese. Aber ob außer mir noch drei oder zehn oder noch tausend Paare da waren, ob ich sie sah oder nicht, ob ich nur jenem einen oder auch andern gehörte, ich könnte es nicht sagen. Aber so wie jenes frühere Gefühl von Entsetzen und Scham über alles im Wachen Vorstellbare weit hinausging, so gibt es gewiß nichts in unserer bewußten Existenz, das der Gelöstheit, der Freiheit, dem Glück gleichkommt, das ich nun in diesem Traum empfand. Und dabei hörte ich keinen Augenblick lang auf, von dir zu wissen. Ja, ich sah dich, ich sah, wie du ergriffen wurdest, von Soldaten, glaube ich, auch Geistliche waren darunter; irgendwer, ein riesengroßer Mensch, fesselte deine Hände, und ich wußte, daß du hingerichtet werden solltest. Ich wußte es ohne Mitleid, ohne Schauer, ganz von fern. Man führte dich in einen Hof, in eine Art von Burghof. Da standest du nun mit nach rückwärts gefesselten Händen und nackt. Und so wie ich dich sah, obwohl ich anderswo war, so sahst du auch mich, auch den Mann, der mich in seinen Armen hielt, und alle die anderen Paare, diese unendliche Flut von Nacktheit, die mich umschäumte, und von der ich und der Mann, der mich umschlungen hielt, gleichsam nur eine Welle bedeuteten. Während du nun im Burghof standest, erschien an einem hohen Bogenfenster zwischen roten Vorhängen eine junge Frau mit einem Diadem auf dem Haupt und im Purpurmantel. Es war die Fürstin des Landes. Sie sah hinab zu dir mit einem streng fragenden Blick. Du standest allein, die andern, so viele es waren, hielten sich abseits, an die Mauern gedrückt, ich hörte ein tückisches, gefahrdrohendes Murmeln und Raunen. Da beugte sich die Fürstin über die Brüstung. Es wurde still, und die Fürstin gab dir ein Zeichen, als gebiete sie dir, zu ihr hinaufzukommen, und ich wußte, daß sie entschlossen war, dich zu begnadigen. Aber du merktest ihren Blick nicht oder wolltest ihn nicht bemerken. Plötzlich aber, immer noch mit gefesselten Händen, doch in einen schwarzen Mantel gehüllt, standest du ihr gegenüber, nicht etwa in einem Gemach, sondern irgendwie in freier Luft, schwebend gleichsam. Sie hielt ein Pergamentblatt in der Hand, dein Todesurteil, in dem auch deine Schuld und die Gründe deiner Verurteilung aufgezeichnet waren. Sie fragte dich – ich hörte die Worte nicht, aber ich wußte es –, ob du bereit seist, ihr Geliebter zu werden, in diesem Fall war dir die Todesstrafe erlassen. Du schütteltest verneinend den Kopf. Ich wunderte mich

nicht, denn es war vollkommen in der Ordnung und konnte gar
nicht anders sein, als daß du mir auf alle Gefahr hin und in alle
Ewigkeit die Treue halten mußtest. Da zuckte die Fürstin die
Achseln, winkte ins Leere, und da befandest du dich plötzlich in
einem unterirdischen Kellerraum, und Peitschen sausten auf
dich nieder, ohne daß ich die Leute sah, die die Peitschen
schwangen. Das Blut floß wie in Bächen an dir herab, ich sah es
fließen, war mir meiner Grausamkeit bewußt, ohne mich über
sie zu wundern. Nun trat die Fürstin auf dich zu. Ihre Haare
waren aufgelöst, flossen um ihren nackten Leib, das Diadem
hielt sie in beiden Händen dir entgegen – und ich wußte, daß sie
das Mädchen vom dänischen Strande war, das du einmal des
Morgens nackt auf der Terrasse einer Badehütte gesehen hattest.
Sie sprach kein Wort, aber der Sinn ihres Hierseins, ja ihres
Schweigens war, ob du ihr Gatte und der Fürst des Landes werden wolltest. Und da du wieder ablehntest, war sie plötzlich
verschwunden, ich aber sah zugleich, wie man ein Kreuz für
dich aufrichtete; – nicht unten im Burghof, nein, auf der blu-
menübersäten unendlichen Wiese, wo ich in den Armen eines
Geliebten ruhte, unter all den andern Liebespaaren. Dich aber
sah ich, wie du durch altertümliche Gassen allein dahinschrittest
ohne jede Bewachung, doch wußte ich, daß dein Weg dir vorge-
zeichnet und jede Flucht unmöglich war. Jetzt gingst du den
Waldpfad bergan. Ich erwartete dich mit Spannung, aber ohne
jedes Mitgefühl. Dein Körper war mit Striemen bedeckt, die
aber nicht mehr bluteten. Du stiegst immer höher hinan, der
Pfad wurde breiter, der Wald trat zu beiden Seiten zurück, und
nun standest du am Wiesenrand in einer ungeheuern, unbegreiflichen Ferne. Doch du grüßtest mich lächelnd mit den Augen,
wie zum Zeichen, daß du meinen Wunsch erfüllt hattest und mir
alles brachtest, wessen ich bedurfte: – Kleider und Schuhe und
Schmuck. Ich aber fand dein Gebaren über alle Maßen töricht
und sinnlos, und es lockte mich, dich zu verhöhnen, dir ins Gesicht zu lachen – und gerade darum, weil du aus Treue zu mir die
Hand einer Fürstin ausgeschlagen, Foltern erduldet und nun hier
heraufgewankt kamst, um einen furchtbaren Tod zu erlei-

den. Ich lief dir entgegen, auch du schlugst einen immer rascheren Gang ein – ich begann zu schweben, auch du schwebtest in
den Lüften; doch plötzlich entschwanden wir einander, und ich
wußte: wir waren aneinander vorbeigeflogen. Da wünschte ich,
du solltest doch wenigstens mein Lachen hören, gerade während
man dich ans Kreuz schlüge. – Und so lachte ich auf, so schrill,
so laut ich konnte. Das war das Lachen, Fridolin – mit dem ich
erwacht bin.«

Sie schwieg und blieb ohne jede Regung. Auch er rührte sich
nicht und sprach kein Wort. Jedes wäre in diesem Augenblick
matt, lügnerisch und feig erschienen. Je weiter sie in ihrer Erzählung fortgeschritten war, um so lächerlicher und nichtiger erschienen ihm seine eigenen Erlebnisse, soweit sie bisher gedie-
hen waren, und er schwor sich, sie alle zu Ende zu erleben, sie ihr
dann getreulich zu berichten und so Vergeltung zu üben an dieser Frau, die sich in ihrem Traum enthüllt hatte als die, die sie
war, treulos, grausam und verräterisch, und die er in diesem
Augenblick tiefer zu hassen glaubte, als er sie jemals geliebt
hatte.

Nun merkte er, daß er immer noch ihre Finger mit seinen
Händen umfaßt hielt und daß er, wie sehr er diese Frau auch zu
hassen gewillt war, für diese schlanken, kühlen, ihm so vertrau-
ten Finger eine unveränderte, nur schmerzlicher gewordene
Zärtlichkeit empfand; und unwillkürlich, ja gegen seinen Willen – ehe er diese vertraute Hand aus der seinen löste, berührte
er sie sanft mit seinen Lippen.

Albertine öffnete noch immer nicht die Augen, Fridolin
glaubte zu sehen, wie ihr Mund, ihre Stirn, ihr ganzes Antlitz
mit beglücktem, verklärtem, unschuldsvollem Ausdruck lächelte, und er fühlte einen ihm selbst unbegreiflichen Drang,
sich über Albertine zu beugen und auf ihre blasse Stirn einen
Kuß zu drücken. Aber er bezwang sich in der Erkenntnis, daß es
nur die allzu begreifliche Ermüdung nach den aufwühlenden Er-
eignissen der letzten Stunden war, die in der trügerischen Atmosphäre des Ehegemachs sich in sehnsüchtige Zärtlichkeit ver-
kleidet hatte.

Doch wie immer es in diesem Augenblicke mit ihm stand –
zu welchen Entschlüssen er im Laufe der nächsten Stunden gelangen sollte, das dringende Gebot des Augenblicks für ihn
war, sich auf eine Weile wenigstens in Schlaf und Vergessen zu
flüchten. Auch in der Nacht, die dem Tod seiner Mutter gefolgt war, hatte er geschlafen, hatte tief und traumlos schlafen
können, und er sollte es in dieser nicht? Und er streckte sich an
der Seite Albertinens hin, die schon eingeschlummert zu sein
schien. Ein Schwert zwischen uns, dachte er wieder. Und
dann: wie Todfeinde liegen wir hier nebeneinander. Aber es
war nur ein Wort.

6

Das leise Klopfen des Dienstmädchens weckte ihn um sieben
Uhr früh. Er warf einen raschen Blick auf Albertine. Manchmal,
nicht immer, weckte dieses Klopfen auch sie. Heute schlief sie
regungslos, allzu regungslos weiter. Fridolin machte sich rasch
fertig. Ehe er fortging, wollte er seine kleine Tochter sehen. Sie
lag ruhig in ihrem weißen Bett, die Hände nach Kinderart zu
kleinen Fäustchen verkrampft. Er küßte sie auf die Stirn. Und
noch einmal, auf den Fußspitzen, schlich er zur Tür des Schlaf-
zimmers, wo Albertine immer noch ruhte, unbeweglich wie
vorher. Dann ging er. In seiner schwarzen Arztenstasche, wohl
verwahrt, trug er Mönchskutte und Pilgerhut mit sich. Das Pro-
gramm für den Tag hatte er sorgfältig, ja mit einiger Pedanterie
entworfen. An erster Stelle stand ein Besuch ganz in der Nähe
bei einem schwerkranken jungen Rechtsanwalt. Fridolin nahm
eine sorgfältige Untersuchung vor, fand den Zustand etwas ge-
bessert, gab seiner Befriedigung darüber ehrlich erfreuten Ausdruck und versah ein altes Rezept mit dem üblichen Repetatur.
Dann begab er sich unverzüglich nach dem Hause, in dessen
Kellertiefen Nachtigall gestern abend Klavier gespielt hatte. Das
Lokal war noch gesperrt, doch im Café oben die Kassiererin
wußte, daß Nachtigall in einem kleinen Hotel der Leopoldstadt
wohne. Eine Viertelstunde darauf fuhr Fridolin dort vor. Es

war ein elender Gasthof. Im Flur roch es nach ungelüfteten Betten, schlechtem Fett und Zichorienkaffee. Ein übel aussehender Portier, mit rotgeränderten pfiffigen Augen, stets auf polizeiliche Einvernahme gefaßt, gab bereitwillig Auskunft. Herr Nachtigall sei heute morgen um fünf Uhr in Gesellschaft zweier Herren vorgefahren, die ihr Gesicht durch hochgeschlungene Halstücher vielleicht absichtlich beinahe unkenntlich gemacht hätten. Während Nachtigall sich in sein Zimmer begeben, hätten die Herren seine Rechnung für die letzten vier Wochen bezahlt; als er nach einer halben Stunde nicht wieder erschienen war, hätte ihn der eine Herr persönlich heruntergeholt, worauf alle drei zum Nordbahnhof gefahren wären. Nachtigall hatte einen höchst aufgeregten Eindruck gemacht; ja – warum sollte man einem so vertrauenerweckenden Herrn nicht die ganze Wahrheit sagen – er hatte dem Portier einen Brief zuzustecken versucht, was die beiden Herren aber sofort verhindert hatten. Briefe, die für Herrn Nachtigall kämen – so hatten die Herren weiter erklärt –, würden von einer hierzu legitimierten Person abgeholt werden. Fridolin empfahl sich, es war ihm angenehm, daß er seine Arztenstasche in der Hand trug, als er aus dem Haustor trat; so würde man ihn wohl nicht für einen Bewohner dieses Hotels halten, sondern für eine Amtsperson. Mit Nachtigall war es also vorderhand nichts. Man war recht vorsichtig gewesen und hatte wohl allen Anlaß dazu.

Nun fuhr er zur Maskenverleihanstalt. Herr Gibiser öffnete selbst. »Hier bringe ich das entliehene Kostüm zurück«, sagte Fridolin, »und wünsche meine Schuld zu begleichen.« Herr Gibiser nannte einen mäßigen Betrag, nahm das Geld in Empfang, machte eine Eintragung in ein großes Geschäftsbuch und sah vom Bürotisch einigermaßen verwundert zu Fridolin auf, der keine Miene machte, sich zu entfernen.

»Ich bin ferner hier«, sagte Fridolin im Ton eines Untersuchungsrichters, »um ein Wort wegen ihres Fräulein Tochter mit Ihnen zu reden.«

Irgend etwas zuckte um die Nasenflügel des Herrn Gibiser; –

Unbehagen, Spott oder Ärger, es war nicht recht zu entscheiden.

»Wie meinen der Herr?« fragte er in einem gleichfalls völlig unbestimmbaren Ton.

»Sie bemerkten gestern«, sagte Fridolin, die eine Hand mit gespreizten Fingern auf den Bürotisch gestützt, »daß Ihr Fräulein Tochter geistig nicht ganz normal sei. Die Situation, in der wir sie betrafen, legte diese Vermutung tatsächlich nahe. Und da mich der Zufall nun einmal zum Teilnehmer oder wenigstens zum Zuschauer jener sonderbaren Szene gemacht hat, so möchte ich Ihnen doch nahelegen, Herr Gibiser, einen Arzt zu Rate zu ziehen.«

Gibiser, einen unnatürlich langen Federstiel in der Hand hin und her drehend, maß Fridolin mit einem unverschämten Blick.

»Und Herr Doktor wären vielleicht selbst so gütig, die Behandlung zu übernehmen?«

»Ich bitte mir keine Worte in den Mund zu legen«, erwiderte Fridolin scharf, aber etwas heiser, »die ich nicht ausgesprochen habe.«

In diesem Augenblick öffnete sich die Tür, die nach den Innenräumen führte, und ein junger Herr mit offenem Überzieher über dem Frackanzug trat heraus. Fridolin wußte sofort, daß es niemand anders sein konnte als einer der Femrichter von heute nacht. Kein Zweifel, er kam aus Pierrettens Zimmer. Er schien betreten, als er Fridolins ansichtig wurde, faßte sich aber sofort, grüßte Gibiser flüchtig durch ein Winken mit der Hand, zündete sich dann noch eine Zigarette an, wozu er sich eines auf dem Bürotisch befindlichen Feuerzeugs bediente, und verließ die Wohnung.

»Ach so«, bemerkte Fridolin mit einem verächtlichen Zucken der Mundwinkel und mit einem bitteren Geschmack auf der Zunge.

»Wie meinen der Herr?« fragte Gibiser mit vollkommenem Gleichmut.

»Sie haben also darauf verzichtet, Herr Gibiser«, und er ließ den Blick überlegen von der Wohnungstür nach der andern schweifen, aus der der Femrichter getreten war, »verzichtet, die Polizei zu verständigen.«

»Man hat sich auf anderm Weg geeinigt, Herr Doktor«, bemerkte Gibiser kühl und erhob sich, als wäre eine Audienz beendet. Fridolin wandte sich zum Gehen, Gibiser öffnete beflissen die Türe, und mit unbeweglicher Miene sagte er: »Wenn der Herr Doktor wieder einen Bedarf haben sollten... Es muß ja nicht gerade ein Mönchsgewand sein.«

Fridolin schlug die Tür hinter sich zu. Dies wäre nun erledigt, dachte er mit einem Gefühl des Ärgers, das ihn selbst unverhältnismäßig dünkte. Er eilte die Treppen hinab, begab sich ohne besondere Eile auf die Poliklinik und telephonierte vor allem nach Hause, um sich zu erkundigen, ob ein Patient nach ihm geschickt habe, ob Post gekommen sei, was es sonst Neues gebe. Das Dienstmädchen hatte kaum ihre Antworten erteilt, als Albertine selbst an den Apparat kam und Fridolin begrüßte. Sie wiederholte alles, was das Dienstmädchen schon gesagt, dann erzählte sie unbefangen, daß sie eben erst aufgestanden sei und mit dem Kinde gemeinsam frühstücken wolle. »Gib ihr einen Kuß von mir«, sagte Fridolin, »und laßt es euch gut schmekken.«

Ihre Stimme hatte ihm wohlgetan, und gerade darum läutete er rasch ab. Er hatte eigentlich noch fragen wollen, was Albertine im Laufe dieses Vormittags vorhabe, aber was ging ihn das an? In der Tiefe seiner Seele war er doch fertig mit ihr, wie immer das äußere Leben weitergehen sollte. Die blonde Schwester half ihm aus den Ärmeln seines Rocks und reichte ihm den weißen Ärztekittel. Dabei lächelte sie ihn ein wenig an, wie sie eben alle zu lächeln pflegen, ob man sich um sie kümmerte oder nicht.

Ein paar Minuten darauf war er im Krankensaal. Der Chefarzt hatte melden lassen, daß er eines Konsiliums wegen plötzlich habe verreisen müssen, die Herren Assistenten möchten ohne ihn Visite machen. Fridolin fühlte sich beinahe glücklich, als er, von den Studenten gefolgt, von Bett zu Bett ging, Untersuchungen vornahm, Rezepte schrieb, mit Hilfsärzten und Wärterinnen sich fachlich besprach. Es gab allerlei Neuigkeiten. Der

Schlossergeselle Karl Rödel war in der Nacht gestorben. Sektion nachmittag halb fünf. Im Weibersaal war ein Bett frei geworden, aber schon wieder belegt. Die Frau von Bett siebzehn hatte man auf die chirurgische Abteilung transferieren müssen. Zwischendurch wurden auch Personalfragen berührt. Die Neubesetzung der Augenabteilung sollte übermorgen entschieden werden; Hügelmann, jetzt Professor in Marburg, vor vier Jahren noch zweiter Assistent bei Stellwag, hatte die meisten Chancen. Rasche Karriere, dachte Fridolin. Ich werde nie für die Leitung einer Abteilung in Betracht kommen, schon weil mir die Dozentur fehlt. Zu spät. Warum eigentlich? Man müßte eben wieder wissenschaftlich zu arbeiten anfangen oder manches Begonnene mit größerem Ernst wieder aufnehmen. Die Privatpraxis ließ immer noch Zeit genug.

Er bat Herrn Doktor Fuchstaler, die Ambulanz zu leiten, und mußte sich gestehen, daß er lieber hier geblieben als auf den Galitzinberg gefahren wäre. Und doch, es mußte sein. Nicht nur sich allein gegenüber war er verpflichtet, der Sache weiter nachzugehen; noch allerlei anderes gab es heute zu erledigen. Und so entschloß er sich für alle Fälle, Herrn Doktor Fuchstaler auch mit der Abendvisite zu betrauen. Das junge Mädchen mit dem verdächtigen Spitzenkatarrh dort im letzten Bett lächelte ihm zu. Es war dieselbe, die neulich bei Gelegenheit einer Untersuchung ihre Brüste so zutraulich an seine Wange gepreßt hatte. Fridolin erwiderte ihren Blick ungnädig und wandte sich stirnrunzelnd ab. Eine wie die andere, dachte er mit Bitterkeit, und Albertine ist wie sie alle – sie ist die Schlimmste von allen. Ich werde mich von ihr trennen. Es kann nie wieder gut werden.

Auf der Treppe wechselte er noch ein paar Worte mit einem Kollegen von der chirurgischen Abteilung. Nun, wie stand es eigentlich mit der Frau, die heute nacht hinübertransferiert worden war? Er für seinen Teil glaubte nicht recht an die Notwendigkeit einer Operation. Man werde ihm doch das Resultat der histologischen Untersuchung berichten?

»Selbstverständlich, Herr Kollega.«

An der Ecke nahm er einen Wagen. Er zog sein Notizbuch zu

Rate, lächerliche Komödie vor dem Kutscher, als müsse er sich jetzt erst entscheiden. »Nach Ottakring«, sagte er dann, »die Straße gegen den Galitzinberg. Ich werde Ihnen sagen, wo Sie zu halten haben.«

Im Wagen kam plötzlich wieder eine schmerzlich-sehnsüchtige Erregung über ihn, ja beinahe ein Schuldbewußtsein, daß er in den letzten Stunden seiner schönen Retterin kaum mehr gedacht hatte. Ob es ihm nun gelingen würde, das Haus zu finden? Nun, das konnte nicht sonderlich schwierig sein. Die Frage war nur: was dann? Polizeiliche Anzeige? Das konnte gerade für die Frau, die sich vielleicht für ihn geopfert oder bereit gewesen war, sich für ihn zu opfern, üble Folgen nach sich ziehen. Oder sollte er sich an einen Privatdetektiv wenden? Das erschien ihm ziemlich abgeschmackt und seiner nicht ganz würdig. Aber was blieb ihm sonst noch übrig? Er hatte doch weder die Zeit noch wahrscheinlich das Talent, die nötigen Nachforschungen kunstgerecht durchzuführen. – Eine geheime Gesellschaft? Nun ja, jedenfalls geheim. Aber untereinander kannten sie sich doch? Aristokraten, vielleicht gar Herren vom Hof? Er dachte an gewisse Erzherzöge, denen man dergleichen Scherze schon zutrauen konnte. Und die Damen? Vermutlich... aus Freudenhäusern zusammengetrieben. Nun, das war keineswegs sicher. Jedenfalls ausgesuchte Ware. Aber die Frau, die sich ihm geopfert hatte? Geopfert? Warum er nur immer wieder sich einbilden wollte, daß es wirklich ein Opfer gewesen war! Eine Komödie. Selbstverständlich war das Ganze eine Komödie gewesen. Eigentlich sollte er froh sein, so leichten Kaufs davongekommen zu sein. Nun ja, er hatte gute Haltung bewahrt. Die Kavaliere konnten wohl merken, daß er nicht der erste beste war. Und sie hatte es jedenfalls auch gemerkt. Wahrscheinlich war er ihr lieber als alle diese Erzherzöge oder was sie sonst gewesen sein mochten.

Am Ende des Liebhartstals, wo der Weg entschiedener nach aufwärts führte, stieg er aus und schickte den Wagen vorsichtshalber wieder fort. Der Himmel war blaßblau, mit weißen Wölkchen, und die Sonne schien frühlingswarm. Er blickte zurück – nichts Verdächtiges war zu sehen. Kein Wagen, kein Fußgänger. Langsam stieg er bergan. Der Mantel wurde ihm schwer; er legte ihn ab und warf ihn um die Schultern. Er kam an die Stelle, wo rechts die Seitenstraße abbiegen mußte, in der das geheimnisvolle Haus stand; er konnte nicht fehlgehen; sie führte nach abwärts, aber keineswegs so steil, als es ihn nachts im Fahren gedünkt hatte. Eine stille Gasse. In einem Vorgarten standen Rosenstöcke, sorgfältig in Stroh gehüllt, in einem nächsten stand ein Kinderwägelchen; ein Bub, ganz in blaue Wolle gekleidet, tollte hin und her; vom Parterrefenster aus schaute eine junge Frau lachend zu. Dann kam ein unbebauter Platz, dann ein wilder eingezäunter Garten, dann eine kleine Villa, dann ein Rasenplatz, und nun, kein Zweifel – dies hier war das Haus, das er suchte. Es sah keineswegs groß oder prächtig aus, es war eine einstöckige Villa in bescheidenem Empirestil und offenbar vor nicht allzu langer Zeit renoviert. Die grünen Jalousien waren überall heruntergelassen, nichts deutete darauf hin, daß die Villa bewohnt sein könnte. Fridolin blickte rings um sich. Niemand war in der Gasse zu sehen; nur weiter unten gingen, sich entfernend, zwei Knaben mit Büchern unter dem Arm. Er stand vor der Gartentür. Und was nun? Einfach wieder zurückspazieren? Das wäre ihm geradezu lächerlich erschienen. Er suchte nach dem elektrischen Taster. Und wenn man ihm aufschlösse, was sollte er sagen? Nun, ganz einfach – ob das hübsche Landhaus nicht über den Sommer zu vermieten wäre? Doch schon tat sich das Haustor von selbst auf, ein alter Diener in einfacher Morgenlivree trat heraus und ging langsam den schmalen Pfad bis zur Gartentür. Er hielt einen Brief in der Hand und reichte ihn stumm zwischen den Gitterstäben Fridolin, dem das Herz klopfte.

»Für mich?« fragte er stockend. Der Diener nickte, wandte sich, ging, und die Haustür fiel hinter ihm zu. Was bedeutet das? fragte sich Fridolin. Am Ende von ihr? Sie ist es vielleicht selbst, der das Haus gehört –? Rasch schritt er wieder die Straße aufwärts, jetzt erst merkte er, daß auf dem Kuvert sein Name stand in steiler, hoheitsvoller Schrift. An der Ecke öffnete er den

Brief, entfaltete ein Blatt und las: »Geben Sie Ihre Nachforschungen auf, die völlig nutzlos sind, und betrachten Sie diese Worte als zweite Warnung. Wir hoffen in Ihrem Interesse, daß keine weitere nötig sein wird.« Er ließ das Blatt sinken.

Diese Botschaft enttäuschte ihn in jeder Hinsicht; jedenfalls aber war es eine andere, als die er törichterweise für möglich gehalten hatte. Immerhin, der Ton war merkwürdig zurückhaltend, gänzlich ohne Schärfe. Er ließ erkennen, daß die Leute, die diese Botschaft gesandt, sich keineswegs sicher fühlten.

Zweite Warnung –? Wieso? Ach ja, in der Nacht war die erste an ihn ergangen. Warum aber zweite – und nicht letzte? Wollten sie seinen Mut nochmals erproben? Sollte er eine Prüfung zu bestehen haben? Und woher kannten sie seinen Namen? Nun, das war weiter nicht sonderbar, wahrscheinlich hatte man Nachtigall gezwungen, ihn zu verraten. Und überdies – er lächelte unwillkürlich über seine Zerstreutheit – im Futter seines Pelzes war sein Monogramm und seine genaue Adresse eingenäht.

Doch wenn er auch nicht weiter war als vorher, – der Brief hatte ihn im ganzen beruhigt – ohne daß er recht zu sagen gewußt hätte, warum. Insbesondere war er überzeugt, daß die Frau, um deren Schicksal er gebangt hatte, sich noch am Leben befand und daß es nur an ihm lag, sie zu finden, wenn er mit Vorsicht und Schlauheit zu Werke ging.

Als er etwas ermüdet, aber in einer seltsam erlösten Stimmung, die er doch zugleich als trügerisch empfand, zu Hause anlangte, hatten Albertine und das Kind schon zu Mittag gegessen, leisteten ihm aber Gesellschaft, während er selbst sein Mahl einnahm. Da saß sie ihm gegenüber, die ihn heute nacht ruhig ans Kreuz hatte schlagen lassen, mit engelhaftem Blick, hausfraulich-mütterlich, und er verspürte zu seiner Verwunderung keinerlei Haß gegen sie. Er ließ es sich schmecken, befand sich in etwas erregter, aber eigentlich heiterer Laune, und nach seiner Art sprach er sehr lebhaft von den kleinen Berufserlebnissen des Tages, insbesondere von den ärztlichen Personalfragen, über die er Albertine immer genau zu unterrichten pflegte. Er erzählte,

SUB LIMIERUNG

daß die Ernennung Hügelmanns so gut wie sicher sei, und
sprach von seinem eigenen Vorsatz, die wissenschaftlichen Arbeiten wieder mit etwas größerer Energie aufzunehmen. Albertine kannte diese Stimmung, wußte, daß sie nicht allzulange
anzuhalten pflegte, und ein leises Lächeln verriet ihre Zweifel.
Fridolin ereiferte sich, worauf Albertine mit milder Hand ihm
beruhigend über die Haare strich. Jetzt zuckte er leicht zusammen und wandte sich dem Kinde zu, wodurch er seine Stirn
weiterer peinlicher Berührung entzog. Er nahm die Kleine auf
den Schoß, schickte sich eben an, sie auf den Knien zu schaukeln,
als das Dienstmädchen meldete, daß schon einige Patienten war-
teten. Fridolin erhob sich wie befreit, erwähnte noch beiläufig,
daß doch Albertine und das Kind die schöne sonnige Nachmit-
tagsstunde zum Spazierengehen benützen sollten, und begab
sich in sein Sprechzimmer.

Im Laufe der nächsten zwei Stunden hatte Fridolin sechs alte
Patienten und zwei neue vorzunehmen. Er war in jedem einzel-
nen Fall völlig bei der Sache, untersuchte, machte Notizen,
verordnete – und freute sich, daß er nach den zwei letzten, fast
ohne Schlaf verbrachten Nächten sich so wunderbar frisch und
geistesklar fühlte.

Nach Erledigung der Sprechstunde sah er noch einmal, wie es
seine Gewohnheit war, nach Frau und Kind und stellte nicht
ohne Befriedigung fest, daß Albertine eben Besuch von ihrer
Mutter hatte, sowie daß die Kleine mit dem Fräulein Französisch
lernte. Und erst auf der Stiege kam ihm wieder zu Bewußtsein,
daß all diese Ordnung, all dies Gleichmaß, all diese Sicherheit
seines Daseins nur Schein und Lüge zu bedeuten hatten.

Trotzdem er die Nachmittagsvisite abgesagt hatte, zog es ihn
doch unwiderstehlich auf die Abteilung. Es lagen zwei Fälle
dort, die für die wissenschaftliche Arbeit, die er vor allem
plante, besonders in Betracht kamen, und er beschäftigte sich
eine Weile eingehender mit ihnen, als er es bisher getan. Dann
hatte er noch einen Krankenbesuch in der inneren Stadt zu erledigen, und so war es sieben Uhr abends geworden, als er vor
dem alten Hause in der Schreyvogelgasse stand. Nun erst, da er

zu Mariannens Fenster aufblickte, wurde ihm ihr Bild, das indes völlig verblaßt war, noch mehr als das aller anderen wieder lebendig. Nun – hier konnte es ihm nicht fehlen. Ohne Aufwand besonderer Mühe konnte er hier sein Rachewerk beginnen, hier gab es für ihn keine Schwierigkeit, keine Gefahr; und das, wovor andere vielleicht zurückgeschreckt wären, der Verrat an dem Bräutigam, das bedeutete für ihn beinahe einen Anreiz mehr. Ja, verraten, betrügen, lügen, Komödie spielen, da und dort, vor Marianne, vor Albertine, vor diesem guten Doktor Roediger, vor der ganzen Welt; – eine Art von Doppelleben führen, zugleich der tüchtige, verläßliche, zukunftsreiche Arzt, der brave Gatte und Familienvater sein – und zugleich ein Wüstling, ein Verführer, ein Zyniker, der mit den Menschen, mit Männern und Frauen spielte, wie ihm just die Laune ankam – das erschien ihm in diesem Augenblick als etwas ganz Köstliches; – und das Köstlichste dran war, daß er später einmal, wenn Albertine sich schon längst in der Sicherheit eines ruhigen Ehe- und Familienlebens geborgen wähnte, ihr kühl lächelnd alle seine Sünden eingestehen wollte, um so Vergeltung zu üben für das, was sie ihm in einem Traume Bitteres und Schmachvolles angetan hatte.

Im Hausflur fand er sich dem Doktor Roediger gegenüber, der ihm harmlos-herzlich die Hand entgegenreichte.

»Wie geht es Fräulein Marianne?« fragte Fridolin. »Hat sie sich ein wenig beruhigt?«

Doktor Roediger zuckte die Achseln. »Sie war lange genug auf das Ende vorbereitet, Herr Doktor. – Nur als man heute gegen Mittag die Leiche holte – –«

»Ah, ist das schon geschehen?«

Doktor Roediger nickte. »Morgen nachmittag drei Uhr findet das Begräbnis statt...«

Fridolin sah vor sich hin. »Es sind wohl – die Verwandten bei Fräulein Marianne?«

»Nicht mehr«, erwiderte Doktor Roediger, »jetzt ist sie allein. Es wird sie gewiß freuen, Sie noch zu sehen, Herr Doktor. Morgen bringen wir sie nämlich nach Mödling, meine Mutter und ich«, und auf einen höflich fragenden Blick Fridolins: »Meine Eltern haben nämlich dort ein kleines Häuschen. Auf Wiedersehen, Herr Doktor. Ich habe noch allerlei zu besorgen. Ja, was so ein – Fall zu tun gibt! Ich hoffe, Sie noch oben anzutreffen, Herr Doktor, wenn ich zurückkomme.« Und schon trat er aus dem Haustor auf die Straße.

Fridolin zögerte einen Augenblick, dann schritt er langsam die Treppe hinauf. Er klingelte; und Marianne selbst war es, die ihm öffnete. Sie war schwarz gekleidet, um den Hals trug sie eine schwarze Jettkette, die er noch nie an ihr gesehen. Ihr Antlitz rötete sich leise.

»Sie lassen mich lange warten«, sagte sie mit einem schwachen Lächeln.

»Verzeihen Sie, Fräulein Marianne, ich hatte heute einen besonders angestrengten Tag.«

Er folgte ihr durch das Sterbezimmer, in dem das Bett nun leer stand, in den Nebenraum, wo er gestern unter dem Bilde mit dem weißuniformierten Offizier den Totenschein für den Hofrat geschrieben hatte. Auf dem Schreibtisch brannte schon eine kleine Lampe, so daß Zwielicht im Zimmer war. Marianne wies ihm einen Platz auf dem schwarzen Lederdiwan an, sie selbst setzte sich ihm gegenüber an den Schreibtisch.

»Eben bin ich im Hausflur Herrn Doktor Roediger begegnet. – Also morgen schon fahren Sie aufs Land?«

Marianne sah ihn an, als wundere sie sich über den kühlen Ton seiner Fragen, und ihre Schultern senkten sich, als er mit beinahe harter Stimme fortsetzte: »Ich finde das sehr vernünftig.« Und er erläuterte sachlich, wie günstig die gute Luft, die neue Umgebung auf sie wirken würde.

Sie saß unbeweglich, und Tränen flossen ihr über die Wangen. Er sah es ohne Mitgefühl, eher mit Ungeduld; und die Vorstellung, daß sie vielleicht in der nächsten Minute wieder zu seinen Füßen liegen, ihr gestriges Geständnis wiederholen könnte, erfüllte ihn mit Angst. Und da sie schwieg, stand er brüsk auf. »So leid es mir tut, Fräulein Marianne –« Er sah auf die Uhr.

Sie hob den Kopf, blickte Fridolin an, und ihre Tränen flossen weiter. Er hätte ihr gern irgendein gutes Wort gesagt und war es nicht imstande.

»Sie bleiben wohl einige Tage auf dem Land«, begann er gezwungen. »Ich hoffe, Sie geben mir Nachricht... Herr Doktor Roediger sagt mir übrigens, daß die Hochzeit bald stattfinden werde. Erlauben Sie mir schon heute Ihnen meinen Glückwunsch auszusprechen.«

Sie rührte sich nicht, als hätte sie seinen Glückwunsch, seinen Abschied überhaupt nicht zur Kenntnis genommen. Er streckte ihr die Hand entgegen, die sie nicht nahm, und fast in einem Ton des Vorwurfs wiederholte er: »Also, ich hoffe zuversichtlich, Sie geben mir Nachricht über Ihr Befinden. Auf Wiedersehen, Fräulein Marianne.« Sie saß da wie versteinert. Er ging, eine Sekunde lang blieb er in der Türe stehen, als gewähre er ihr noch eine letzte Frist, ihn zurückzurufen, sie schien den Kopf eher wegzuwenden, und nun schloß er die Türe hinter sich. Auf dem Gang draußen verspürte er irgend etwas wie Reue. Einen Augenblick dachte er daran, umzukehren, aber er fühlte, daß das vor allem andern sehr lächerlich gewesen wäre.

Aber was nun? Nach Hause? Wohin sonst! Heute konnte er ja doch nichts mehr unternehmen. Und morgen? Was? Und wie? Er fühlte sich ungeschickt, hilflos, alles zerfloß ihm unter den Händen; alles wurde unwirklich, sogar sein Heim, seine Frau, sein Kind, sein Beruf, ja, er selbst, wie er so mit schweifenden Gedanken die abendlichen Straßen mechanisch weiterging.

Von der Uhr des Rathausturmes schlug es halb acht. Es war übrigens gleichgültig, wie spät es war; die Zeit lag in völliger Überflüssigkeit vor ihm. Nichts, niemand ging ihn an. Er verspürte ein leises Mitleid mit sich selbst. Ganz flüchtig, nicht etwa wie ein Vorsatz, kam ihm der Einfall, zu irgendeinem Bahnhof zu fahren, abzureisen, gleichgültig wohin, zu verschwinden für alle Leute, die ihn gekannt, irgendwo in der Fremde wieder aufzutauchen und ein neues Leben zu beginnen als ein anderer, neuer Mensch. Er besann sich gewisser merkwürdiger Krankheitsfälle, die er aus psychiatrischen Büchern kannte, sogenannter Doppelexistenzen: ein Mensch verschwand plötzlich aus ganz geordneten Verhältnissen, war verschollen, kehrte nach Monaten oder nach Jahren wieder, erinnerte sich selbst nicht, wo er in dieser Zeit gewesen, aber später erkannte ihn irgendwer, der irgendwo in einem fernen Land mit ihm zusammengetroffen war, und der Heimgekehrte wußte gar nichts davon. Solche Dinge kamen freilich selten vor, aber immerhin, sie waren erwiesen. Und in abgeschwächter Form erlebte sie wohl mancher. Wenn man aus Träumen wiederkehrte zum Beispiel? Freilich, man erinnerte sich... Aber gewiß gab es auch Träume, die man völlig vergaß, von denen nichts übrigblieb als irgendeine rätselhafte Stimmung, eine geheimnisvolle Benommenheit. Oder man erinnerte sich erst später, viel später und wußte nicht mehr, ob man etwas erlebt oder nur geträumt hatte. Nur – nur – –!

Und wie er so weiterging und doch unwillkürlich die Richtung nach seiner Wohnung zu nahm, geriet er in die Nähe der dunklen, ziemlich verrufenen Gasse, in der er vor weniger als vierundzwanzig Stunden einem verlorenen Geschöpf nach ihrer armseligen und doch traulichen Behausung gefolgt war. Verloren, gerade die? Und gerade diese Gasse verrufen? Wie man doch immer wieder, durch Worte verführt, Straßen, Schicksale, Menschen in träger Gewohnheit benennt und beurteilt. War dieses junge Mädchen nicht im Grunde von allen, mit denen seltsame Zufälle ihn in der letzten Nacht zusammengeführt, das anmutigste, ja geradezu das reinste gewesen? Er fühlte einige Rührung, wenn er ihrer dachte. Und nun erinnerte er sich auch seines Vorsatzes von gestern; rasch entschlossen kaufte er im nächsten Laden allerlei Eßbares ein; und als er mit dem kleinen Päckchen die Häusermauern entlangschritt, fühlte er sich geradezu froh in dem Bewußtsein, daß er im Begriffe war, eine zum mindesten vernünftige, vielleicht sogar lobenswerte Handlung zu begehen. Immerhin schlug er den Kragen hoch, als er in den Hausflur trat, nahm beim Treppensteigen einige Stufen auf einmal, die Wohnungsglocke tönte ihm mit unerwünschter Schrille ins Ohr; und als er von einer übel aussehenden Frauensperson den Bescheid erhielt, daß das Fräulein Mizzi nicht zu Hause sei, atmete er auf. Doch ehe die Frau noch Gelegenheit hatte, das Päckchen für die Abwesende in Empfang zu nehmen, trat ein anderes, noch junges, nicht unhübsches Frauenzimmer, in eine Art von Bademantel gehüllt, ins Vorzimmer und sagte: »Wen sucht der Herr? Die Fräuln Mizzi? Die wird so bald nicht z'haus kommen.«

Die Alte gab ihr ein Zeichen zu schweigen; Fridolin aber, als wünschte er dringend eine Bestätigung zu erhalten für das, was er irgendwie doch schon geahnt hatte, bemerkte einfach: »Sie ist im Spital, nicht wahr?«

»Na, wenn's der Herr eh weiß. Aber mir sein g'sund, Gott sei Dank«, rief sie fröhlich aus und trat ganz nahe an Fridolin heran mit halbgeöffneten Lippen und einem frechen Zurückwerfen ihres üppigen Leibes, so daß der Bademantel sich öffnete. Fridolin sagte ablehnend: »Ich bin nur im Vorbeigehen heraufgekommen, um der Mizzi was zu bringen«, und er erschien sich plötzlich wie ein Gymnasiast. Und in einem neuen, sachlichen Ton fragte er: »Auf welcher Abteilung liegt sie denn?«

Die Junge nannte ihm den Namen eines Professors, auf dessen Klinik Fridolin vor einigen Jahren Sekundararzt gewesen war. Und dann fügte sie gutmütig hinzu: »Geben S' es her, die Pakkerln, ich bring ihr's morgen. Können sich drauf verlassen, daß ich nichts wegnaschen werde. Und grüßen werd' ich sie auch von Ihnen und ihr ausrichten, Sie sein ihr nicht untreu worden.«

Zugleich aber trat sie näher auf ihn zu und lachte ihn an. Doch als er leicht zurückwich, gab sie es sofort auf und bemerkte tröstend: »In sechs, spätestens acht Wochen, hat der Doktor g'sagt, is sie wieder zu Haus.«

Als Fridolin aus dem Haustor auf die Straße trat, fühlte er Tränen in der Kehle; aber er wußte, daß das nicht so sehr Ergriffenheit zu bedeuten hatte als ein allmähliches Versagen seiner Nerven. Er nahm absichtlich einen rascheren und lebhafteren Schritt an, als seiner Stimmung gemäß war. Sollte dieses Erlebnis ein weiteres, ein letztes Zeichen sein, daß ihm alles mißlingen mußte? Warum? Daß er einer so großen Gefahr entgangen war, konnte immerhin auch ein gutes Zeichen bedeuten. Und war es gerade das, worauf es ankam: Gefahren zu entgehen? Allerlei andere standen ihm wohl noch bevor. Er dachte keineswegs daran, die Nachforschungen nach der wunderbaren Frau von heute nacht aufzugeben. Nun war freilich nicht mehr Zeit dazu. Und überdies mußte genau erwogen werden, auf welche Art diese Nachforschungen weiterzuführen waren. Ja, wenn man jemanden hätte, mit dem man sich beraten könnte! Aber er wußte keinen, den er in die Abenteuer der vergangenen Nacht gerne eingeweiht hätte. Seit Jahren war er mit keinem Menschen wirklich vertraut als mit seiner Frau, und mit der konnte er sich in diesem Fall doch kaum beraten, in diesem nicht und in keinem andern. Denn man mochte es nehmen, wie man wollte: heute nacht hatte sie ihn ans Kreuz schlagen lassen.

Und nun wußte er, warum seine Schritte ihn statt in der Richtung seines Hauses unwillkürlich immer weiter in die entgegengesetzte führten. Er wollte, er konnte Albertine jetzt nicht entgegentreten. Das Vernünftigste war es, irgendwo auswärts zur Nacht zu essen, dann auf die Abteilung nach seinen zwei Fällen sehen – und keinesfalls daheim sein – »daheim!« –, bevor er sicher sein konnte, Albertine schon schlafend anzutreffen.

Er trat in ein Café, eines der vornehmeren, stilleren in der Nähe des Rathauses, telephonierte nach Hause, daß man ihn zum Abendessen nicht erwarten solle, läutete rasch ab, damit nicht etwa Albertine noch ans Telephon käme, dann setzte er sich an ein Fenster und zog den Vorhang zu. In einer entfernten Ecke nahm eben ein Herr Platz; in dunklem Überzieher, auch sonst ganz unauffällig gekleidet. Fridolin erinnerte sich, diese Physiognomie im Laufe dieses Tages schon irgendwo gesehen zu haben. Das konnte natürlich auch Zufall sein. Er nahm ein Abendblatt zur Hand und las, so wie er es gestern nacht in einem anderen Kaffeehaus getan, da und dort ein paar Zeilen: Berichte über politische Ereignisse, Theater, Kunst, Literatur, über kleine und große Unglücksfälle aller Art. In irgendeiner Stadt Amerikas, deren Namen er niemals gehört hatte, war ein Theater abgebrannt. Der Rauchfangkehrermeister Peter Korand hatte sich zum Fenster hinausgestürzt. Es kam Fridolin irgendwie

sonderbar vor, daß auch Rauchfangkehrer sich zuweilen um-
brachten, und er fragte sich unwillkürlich, ob der Mann sich
vorher ordentlich gewaschen oder schwarz, wie er war, ins
Nichts gestürzt hatte. In einem vornehmen Hotel der inneren
Stadt hatte sich heute früh eine Frau vergiftet, eine Dame, die
unter dem Namen einer Baronin D. vor wenigen Tagen dort
abgestiegen war, eine auffallend hübsche Dame. Fridolin fühlte
sich sofort ahnungsvoll berührt. Die Dame war morgens um
vier Uhr in Begleitung zweier Herren nach Hause gekommen,
die am Tore sich von ihr verabschiedeten. Vier Uhr. Gerade zu
der Stunde, da auch er nach Hause gekommen war. Und gegen
Mittag war sie bewußtlos – so hieß es weiter – mit den Anzei-
chen einer schweren Vergiftung im Bette aufgefunden worden... Eine auffallend hübsche junge Dame... Nun, es gab
manche auffallend hübsche junge Damen... Es war kein Anlaß,
anzunehmen, daß die Baronin D., vielmehr die Dame, die unter
dem Namen Baronin D. in dem Hotel abgestiegen war, und eine
gewisse andere ein und dieselbe Person vorstellen. Und doch –
ihm klopfte das Herz, und das Blatt bebte in seiner Hand. In
einem vornehmen Stadthotel... in welchem –? Warum so ge-
heimnisvoll? – So diskret?...

Er ließ das Blatt sinken und sah, wie zugleich der Herr dort in
der fernen Ecke eine Zeitung, eine große illustrierte Zeitung,
wie einen Vorhang vor sein Gesicht schob. Sofort nahm auch
Fridolin sein Blatt wieder zur Hand, und er wußte in diesem
Augenblick, daß die Baronin D. unmöglich jemand anders sein
konnte als die Frau von heute nacht... In einem vornehmen
Stadthotel... Es gab nicht so viele, die in Betracht kamen – für
eine Baronin D.... Und nun mochte geschehen, was da wolle –
diese Spur mußte verfolgt werden. Er rief nach dem Kellner,
zahlte, ging. An der Tür wandte er sich noch einmal nach dem
verdächtigen Herrn in der Ecke um. Der aber war sonderbarer-
weise schon verschwunden...

Schwere Vergiftung... Aber sie lebte... In dem Augenblick,
da man sie aufgefunden hatte, lebte sie noch. Und es war am
Ende kein Grund, anzunehmen, daß sie nicht gerettet war. Je-

denfalls, ob sie lebte oder tot war – er würde sie finden. Und er würde sie sehen – in jedem Fall –, ob tot oder lebendig. Sehen würde er sie; kein Mensch auf der Erde konnte ihn daran hindern, die Frau zu sehen, die seinetwegen, ja, die für ihn in den Tod gegangen war. Er war schuldig an ihrem Tod – er allein – wenn sie es war. Ja, sie war es. Um vier Uhr morgens nach Hause gekommen in Begleitung zweier Herren! Wahrscheinlich derselben, die ein paar Stunden später Nachtigall zur Bahn gebracht hatten. Sie hatten kein sonderlich reines Gewissen, diese Herren.

Er stand auf dem großen weiten Platz vor dem Rathaus und blickte nach allen Seiten. Nur wenige Menschen befanden sich innerhalb seiner Sehweite, der verdächtige Herr aus dem Kaffeehaus war nicht unter ihnen. Und wenn auch – die Herren fürchteten sich, der Überlegene war er. Fridolin eilte weiter, auf dem Ring nahm er einen Wagen, ließ sich zuerst zum Hotel Bristol fahren und erkundigte sich bei dem Portier, als wäre er dazu befugt oder beauftragt, ob die Frau Baronin D., die sich heute morgen bekanntlich vergiftet, hier in dem Hotel gewohnt habe. Der Portier schien weiter nicht erstaunt, hielt Fridolin vielleicht für einen Herrn von der Polizei oder sonst eine Amtsperson, in jedem Fall erwiderte er höflich, daß sich der traurige Fall nicht hier, sondern im Hotel Erzherzog Karl zugetragen habe...

Fridolin fuhr sofort in das bezeichnete Hotel und erhielt dort die Auskunft, daß die Baronin D. unverzüglich nach ihrer Auffindung ins Allgemeine Krankenhaus geschafft worden sei. Fridolin erkundigte sich, auf welche Weise die Entdeckung des Selbstmordversuches erfolgt sei. Was für Anlaß denn vorgelegen habe, sich schon um die Mittagsstunde um eine Dame zu kümmern, die doch erst um vier Uhr früh nach Hause gekommen war? Nun, das war ganz einfach: zwei Herren (also wieder zwei Herren!) hatten vormittags um elf Uhr nach ihr gefragt. Da die Dame sich auf wiederholten telephonischen Anruf nicht gemeldet, hatte das Stubenmädchen an die Türe geklopft; da sich darauf wieder nichts gerührt hatte und die Türe von innen verriegelt blieb, war nichts übriggeblieben, als sie aufzusprengen, und da hatte man die Baronin bewußtlos im Bette liegend gefunden. Man hatte sofort Rettungsgesellschaft und Polizei verständigt.

»Und die zwei Herren?« fragte Fridolin scharf und kam sich selbst vor wie ein Geheimpolizist.

Ja, die Herren, das gab freilich zu denken, die waren indes spurlos verschwunden. Im übrigen dürfte es sich keineswegs um eine Baronin Dubieski gehandelt haben, unter welchem Namen die Dame im Hotel gemeldet war. Sie war das erstemal in diesem Hotel abgestiegen, und es gab überhaupt keine Familie dieses Namens, jedenfalls keine adlige.

Fridolin dankte für die Auskunft, entfernte sich ziemlich rasch, da einer der eben hinzugetretenen Hoteldirektoren ihn mit unangenehmer Neugier zu mustern begann, stieg wieder in den Wagen und ließ sich zum Krankenhaus fahren. Wenige Minuten später, in der Aufnahmekanzlei, erfuhr er nicht nur, daß die angebliche Baronin Dubieski auf die zweite interne Klinik eingeliefert worden, sondern daß sie nachmittags um fünf, trotz aller ärztlichen Bemühungen – ohne das Bewußtsein wiedererlangt zu haben – gestorben war.

Fridolin holte tief Atem, so glaubte er, doch es war ein schwerer Seufzer gewesen, der sich ihm entrungen. Der diensthabende Beamte blickte mit einiger Verwunderung zu ihm auf. Fridolin faßte sich gleich wieder, empfahl sich höflich und stand in der nächsten Minute im Freien. Der Krankenhausgarten war fast menschenleer. In einer benachbarten Allee unter einer Laterne ging eben eine Wärterin in blauweiß gestreiftem Kittel und weißem Häubchen. »Tot«, sagte Fridolin vor sich hin. – Wenn sie es ist. Und wenn sie es nicht ist? Wenn sie noch lebt, wie kann ich sie finden?

Wo der Leichnam der Unbekannten sich in diesem Augenblick befand, diese Frage konnte er sich leicht beantworten. Da sie erst vor wenigen Stunden gestorben war, lag sie jedenfalls in der Totenkammer, nur wenige hundert Schritte von hier. Schwierigkeiten für ihn als Arzt, sich auch in dieser späten Stunde dort Eingang zu verschaffen, gab es natürlich nicht.

Doch – was wollte er dort? Er kannte ja nur ihren Körper, ihr Antlitz hatte er nie gesehen, nur eben einen flüchtigen Schimmer davon erhascht in der Sekunde, da er heute nacht den Tanzsaal verlassen hatte oder, richtiger gesagt, aus dem Saal gejagt worden war. Doch daß er diesen Umstand bis jetzt gar nicht erwogen, das kam daher, daß er in diesen ganzen letztverflossenen Stunden, seit er die Zeitungsnotiz gelesen, die Selbstmörderin, deren Antlitz er nicht kannte, sich mit den Zügen Albertinens vorgestellt hatte, ja, daß ihm, wie er nun erst erschaudernd wußte, ununterbrochen seine Gattin als die Frau vor Augen geschwebt war, die er suchte. Und nochmals fragte er sich, was er eigentlich in der Totenkammer wollte? Ja, hätte er sie lebend wiedergefunden, heute, morgen – in Jahren, wann, wo und in welcher Umgebung immer –, an ihrem Gang, ihrer Haltung, ihrer Stimme vor allem hätte er sie, so war er überzeugt, unwidersprechlich erkannt. Nun aber sollte er nur den Körper wiedersehen, einen toten Frauenkörper und ein Antlitz, von dem er nichts kannte als die Augen – Augen, die nun gebrochen waren. Ja – diese Augen kannte er und die Haare, die sich in jenem letzten Augenblick, ehe man ihn aus dem Saal gejagt, plötzlich gelöst und die nackte Gestalt verhüllt hatten. Würde das genug sein, um ihn untrüglich wissen zu lassen, ob sie es sei oder nicht?

Und langsamen, zögernden Schritts nahm er den Weg durch die wohlbekannten Höfe nach dem Pathologisch-anatomischen Institut. Er fand das Tor unverschlossen, so daß er nicht nötig hatte zu klingeln. Der steinerne Fußboden hallte unter seinen Tritten, als er durch den schwach beleuchteten Gang schritt. Ein vertrauter, gewissermaßen heimatlicher Geruch von allerlei Chemikalien, der den angestammten Duft dieses Gebäudes übertönte, umfing Fridolin. Er klopfte an die Tür des histologischen Kabinetts, wo er wohl noch einen Assistenten bei der Arbeit vermuten durfte. Auf ein etwas unwirsches »Herein« trat Fridolin in den hohen, geradezu festlich erhellten Raum, in dessen Mitte, das Auge eben vom Mikroskop entfernend, wie Fridolin beinahe erwartet, sein alter Studienkollege, der Assistent des Institutes, Doktor Adler, sich von seinem Stuhl erhob.

»Oh, lieber Kollege«, begrüßte ihn Doktor Adler immer noch etwas unwillig, aber zugleich verwundert, »was verschafft mir die Ehre zu so ungewohnter Stunde?«

»Entschuldige die Störung«, sagte Fridolin. »Du bist gerade mitten in der Arbeit.«

»Allerdings«, erwiderte Adler in dem scharfen Ton, der ihm noch von seiner Burschenzeit eigen war. Und leichter fügte er hinzu: »Was sollte man in diesen heiligen Hallen sonst um Mitternacht zu schaffen haben? Aber du störst mich natürlich nicht im geringsten. Womit kann ich dienen?«

Und da Fridolin nicht gleich antwortete: »Der Addison, den ihr uns heute heruntergeliefert habt, liegt noch in holder Unberührtheit da drüben. Sektion morgen früh acht Uhr dreißig.«

Und auf eine verneinende Bewegung Fridolins: »Ah so – der Pleuratumor! Nun – die histologische Untersuchung hat unwiderleglich Sarkom ergeben. Darüber braucht ihr euch also auch keine grauen Haare wachsen zu lassen.«

Fridolin schüttelte wieder den Kopf. »Es handelt sich um keine – dienstliche Angelegenheit.«

»Na, um so besser«, sagte Adler, »ich hab' schon geglaubt, das schlechte Gewissen treibt dich da herunter zu nachtschlafender Zeit.«

»Mit schlechtem Gewissen oder wenigstens mit Gewissen überhaupt hängt es schon eher zusammen«, erwiderte Fridolin.

»Oh!«

»Kurz und gut« – er befliß sich eines harmlos-trockenen Tones –, »ich möchte gern Auskunft wegen einer Frauensperson, die heute abend auf der zweiten Klinik an Morphiumvergiftung gestorben ist und die jetzt da herunten liegen dürfte, eine gewisse Baronin Dubieski.« Und rascher fuhr er fort: »Ich habe nämlich die Vermutung, daß diese angebliche Baronin Dubieski eine Person ist, die ich vor Jahren flüchtig gekannt habe. Und es würde mich interessieren, ob meine Vermutung stimmt.«

»Suicidium?« fragte Adler.

Fridolin nickte. »Ja. Selbstmord«, übersetzte er, als wünschte er damit der Angelegenheit wieder ihren privaten Charakter zu verleihen.

Adler deutete mit humoristisch gestrecktem Zeigefinger auf Fridolin. »Unglückliche Liebe zu Euer Hochwohlgeboren?«

Fridolin verneinte etwas ärgerlich. »Der Selbstmord dieser Baronin Dubieski hat mit meiner Person nicht das geringste zu tun.«

»Bitte, bitte, ich will nicht indiskret sein. Wir können uns ja sofort überzeugen. Meines Wissens ist heute abend keine Anforderung von der gerichtlichen Medizin gekommen. Also jedenfalls –«

Gerichtliche Obduktion, zuckte es durch Fridolins Hirn. Das könnte wohl noch der Fall sein. Wer weiß, ob ihr Selbstmord überhaupt ein freiwilliger war? Die zwei Herren fielen ihm wieder ein, die so plötzlich aus dem Hotel verschwunden waren, nachdem sie von dem Selbstmordversuch erfahren hatten. Die Angelegenheit könnte sich wohl noch zu einer Kriminalaffäre ersten Ranges entwickeln. Und ob er – Fridolin – nicht gar als Zeuge vorgeladen würde – ja, ob er nicht eigentlich verpflichtet wäre, sich freiwillig bei Gericht zu melden?

Er folgte Doktor Adler über den Gang zu der gegenüberliegenden Türe, die halb offen stand. Der kahle hohe Raum war durch die zwei offenen, etwas heruntergeschraubten Flammen eines zweiarmigen Gaslüsters schwach beleuchtet. Von den zwölf oder vierzehn Leichentischen war nur die geringere Anzahl belegt. Einige Körper lagen nackt da, über die anderen waren Leinentücher gebreitet. Fridolin trat zu dem ersten Tisch gleich an der Türe und zog vorsichtig das Tuch von dem Kopf der Leiche weg. Ein greller Lichtschein von der elektrischen Taschenlampe des Doktor Adler fiel plötzlich hin. Fridolin sah ein gelbes, graubärtiges Männergesicht und bedeckte es gleich wieder mit dem Leichentuch. Auf dem nächsten Tisch lag ein hagerer nackter Jünglingsleib. Doktor Adler, von einem anderen Tische her, sagte: »Eine zwischen sechzig und siebzig, die wird's also wohl auch nicht sein.«

Fridolin aber, wie plötzlich hingezogen, schritt ans Ende des

Saales, von wo ein Frauenleib ihm fahl entgegenleuchtete. Der Kopf war zur Seite gesenkt; lange, dunkle Haarsträhnen fielen fast bis zum Fußboden herab. Unwillkürlich streckte Fridolin die Hand aus, um den Kopf zurechtzurücken, doch mit einer Scheu, die ihm, dem Arzt, sonst fremd war, zögerte er wieder. Doktor Adler war herzugetreten und bemerkte hinter sich deutend: »Kommen alle nicht in Betracht – – also die?« Und er leuchtete mit der elektrischen Lampe auf den Frauenkopf, den Fridolin eben, seine Scheu überwindend, mit beiden Händen gefaßt und ein wenig emporgehoben hatte. Ein weißes Antlitz mit halbgeschlossenen Lidern starrte ihm entgegen. Der Unterkiefer hing schlaff herab, die schmale, hinaufgezogene Oberlippe ließ das bläuliche Zahnfleisch und eine Reihe weißer Zähne sehen. Ob dieses Antlitz irgendeinmal, ob es vielleicht gestern noch schön gewesen – Fridolin hätte es nicht zu sagen vermocht –, es war ein völlig nichtiges, leeres, es war ein totes Antlitz. Es konnte ebensogut einer Achtzehnjährigen als einer Achtunddreißigjährigen angehören.

»Ist sie's?« fragte Doktor Adler.

Fridolin beugte sich unwillkürlich tiefer herab, als könnte sein bohrender Blick den starren Zügen eine Antwort entreißen. Und er wußte doch zugleich, auch wenn es wirklich ihr Antlitz wäre, ihre Augen, dieselben Augen, die gestern so lebensheiß in die seinen geleuchtet, er wüßte es nicht, könnte es – wollte es am Ende gar nicht wissen. Und sanft legte er den Kopf wieder auf die Platte hin und ließ seinen Blick den toten Körper entlang schweifen, vom wandernden Schein der elektrischen Lampe geleitet. War es ihr Leib? – der wunderbare, blühende, gestern noch so qualvoll ersehnte? Er sah einen gelblichen, faltigen Hals, er sah zwei kleine und doch etwas schlaff gewordene Mädchenbrüste, zwischen denen, als wäre das Werk der Verwesung schon vorgebildet, das Brustbein mit grausamer Deutlichkeit sich unter der bleichen Haut abzeichnete, er sah die Rundung des mattbraunen Unterleibs, er sah, wie von einem dunklen, nun geheimnis- und sinnlos gewordenen Schatten aus wohlgeformte Schenkel sich gleichgültig öffneten, sah die leise auswärts ge-

– 83 –

drehten Kniewölbungen, die scharfen Kanten der Schienbeine und die schlanken Füße mit den einwärts gekrümmten Zehen. All dies versank nacheinander rasch wieder im Dunkel, da der Lichtkegel der elektrischen Lampe den Weg zurück mit vielfacher Geschwindigkeit zurücklegte, bis er endlich leicht zitternd über dem bleichen Antlitz ruhen blieb. Unwillkürlich, ja wie von einer unsichtbaren Macht gezwungen und geführt, berührte Fridolin mit beiden Händen die Stirne, die Wangen, die Schultern, die Arme der toten Frau; dann schlang er seine Finger wie zu einem Liebesspiel in die der Toten, und so starr sie waren, es schien ihm, als versuchten sie sich zu regen, die seinen zu ergreifen; ja ihm war, als irrte unter den halbgeschlossenen Lidern ein ferner, farbloser Blick nach dem seinen; und wie magisch angezogen beugte er sich herab.

Da flüsterte es plötzlich hinter ihm: »Aber was treibst du denn?«

Fridolin kam jählings zur Besinnung. Er löste seine Finger aus denen der Toten, umklammerte ihre schmalen Handgelenke und legte sorglich, ja mit einer gewissen Pedanterie die eiskalten Arme zu seiten des Rumpfes hin. Und ihm war, als ob jetzt, eben erst in diesem Augenblick, dieses Weib gestorben sei. Dann wandte er sich ab, lenkte die Schritte zur Türe und über den hallenden Gang, trat in das Arbeitskabinett zurück, das man früher verlassen. Doktor Adler folgte ihm schweigend und schloß hinter ihnen ab.

Fridolin trat ans Waschbecken. »Du erlaubst«, sagte er und reinigte seine Hände sorgfältig mit Lysol und Seife. Indes schien Doktor Adler ohne weiteres seine unterbrochene Arbeit wieder aufnehmen zu wollen. Er hatte die entsprechende Lichtvorrichtung neu eingeschaltet, drehte die Mikrometerschraube und blickte ins Mikroskop. Als Fridolin zu ihm trat, um sich zu verabschieden, war Doktor Adler völlig in seine Arbeit vertieft.

»Willst du dir das Präparat einmal anschauen?« fragte er.

»Warum?« fragte Fridolin abwesend.

»Nun, zur Beruhigung deines Gewissens«, erwiderte Doktor Adler – als nähme er doch an, daß Fridolins Besuch nur einen medizinisch-wissenschaftlichen Zweck gehabt hätte.

»Findest du dich zurecht?« fragte er, während Fridolin ins Mikroskop schaute. »Es ist nämlich eine ziemlich neue Färbungsmethode.«

Fridolin nickte, ohne das Auge vom Glas zu entfernen. »Geradezu ideal«, bemerkte er, »ein farbenprächtiges Bild, könnte man sagen.«

Und er erkundigte sich nach verschiedenen Einzelheiten der neuen Technik.

Doktor Adler gab ihm die gewünschten Aufklärungen, und Fridolin äußerte die Ansicht, daß ihm diese neue Methode bei einer Arbeit, die er für die nächste Zeit vorhabe, voraussichtlich gute Dienste leisten würde. Er erbat sich die Erlaubnis, morgen oder übermorgen wiederkommen zu dürfen, um sich weitere Aufschlüsse zu holen.

»Stets gerne zu Diensten«, sagte Doktor Adler, begleitete Fridolin über die hallenden Steinfliesen bis zum Tore, das indessen geschlossen worden war, und sperrte es mit seinem eigenen Schlüssel auf.

»Du bleibst noch?« fragte Fridolin.

»Aber natürlich«, erwiderte Doktor Adler, »das sind ja die allerschönsten Arbeitsstunden – so von Mitternacht bis früh. Da ist man wenigstens vor Störungen ziemlich sicher.«

»Na – «, sagte Fridolin mit einem leisen, wie schuldbewußten Lächeln.

Doktor Adler legte die Hand beruhigend auf Fridolins Arm, dann fragte er mit einiger Zurückhaltung: »Also – war sie's?«

Fridolin zögerte einen Augenblick, dann nickte er wortlos, und war sich kaum bewußt, daß diese Bejahung möglicherweise eine Unwahrheit bedeutete. Denn ob die Frau, die nun da drin in der Totenkammer lag, dieselbe war, die er vor vierundzwanzig Stunden zu den wilden Klängen von Nachtigalls Klavierspiel nackt in den Armen gehalten, oder ob diese Tote irgendeine andere, eine Unbekannte, eine ganz Fremde war, der er niemals vorher begegnet; er wußte: auch wenn das Weib noch am Leben war, das er gesucht, das er verlangt, das er eine Stunde lang vielleicht geliebt hatte, und, wie immer sie dieses Leben weiter lebte; – was da hinter ihm lag in der gewölbten Halle, im Scheine von flackernden Gasflammen, ein Schatten unter andern Schatten, dunkel, sinn- und geheimnislos wie sie – ihm bedeutete es, ihm konnte es nichts anderes mehr bedeuten als, zu unwiderruflicher Verwesung bestimmt, den bleichen Leichnam der vergangenen Nacht.

7

Durch die finsteren menschenleeren Gassen eilte er nach Hause, und wenige Minuten später, nachdem er, wie vierundzwanzig Stunden vorher, schon in seinem Ordinationszimmer sich entkleidet hatte, so leise als möglich betrat er das eheliche Schlafgemach.

Er hörte den gleichmäßig-ruhigen Atem Albertinens und sah die Umrisse ihres Kopfes sich auf dem weichen Polster abzeichnen. Ein Gefühl von Zärtlichkeit, ja von Geborgenheit, wie er es nicht erwartet, durchdrang seine Herz. Und er nahm sich vor, ihr bald, vielleicht morgen schon, die Geschichte der vergangenen Nacht zu erzählen, doch so, als wäre alles, was er erlebt, ein Traum gewesen – und dann, erst wenn sie die ganze Nichtigkeit seiner Abenteuer gefühlt und erkannt hatte, wollte er ihr gestehen, daß sie Wirklichkeit gewesen waren. Wirklichkeit? fragte er sich – und gewahrte in diesem Augenblick, ganz nahe dem Antlitz Albertines auf dem benachbarten, auf seinem Polster etwas Dunkles, Abgegrenztes, wie die umschatteten Linien eines menschlichen Gesichts. Einen Moment nur stand ihm das Herz still, im nächsten schon wußte er, woran er war, griff nach dem Polster hin und hielt die Maske in der Hand, die er während der vorigen Nacht getragen, die ihm, während er heute morgen das Paket zusammengerollt, ohne daß er es bemerkt, entglitten, und von dem Stubenmädchen oder Albertine selbst gefunden sein mochte. So konnte er auch nicht daran zweifeln, daß Albertine nach diesem Fund mancherlei ahnte und vermutlich noch enttarnt !!!

mehr und noch Schlimmeres, als sich tatsächlich ereignet hatte. Doch die Art, wie sie ihm das zu verstehen gab, ihr Einfall, die dunkle Larve neben sich auf das Polster hinzulegen, als hätte sie nun sein, des Gatten, ihr nun rätselhaft gewordenes Antlitz zu bedeuten, diese scherzhafte, fast übermütige Art, in der zugleich eine milde Warnung und die Bereitwilligkeit des Verzeihens ausgedrückt schien, gab Fridolin die sichere Hoffnung, daß sie, wohl in Erinnerung ihres eigenen Traums – was auch geschehen sein mochte, geneigt war, es nicht allzu schwer zu nehmen. Fridolin aber, mit einem Male am Ende seiner Kräfte, ließ die Maske zu Boden gleiten, schluchzte, sich selbst ganz unerwartet, laut und schmerzlich auf, sank neben dem Bette nieder und weinte leise in die Kissen hinein.

Nach wenigen Sekunden fühlte er eine weiche Hand über seine Haare streichen. Da erhob er sein Haupt, und aus der Tiefe seines Herzens entrang sich's ihm: »Ich will dir alles erzählen.«

Sie hob zuerst, wie in leiser Abwehr die Hand; er faßte sie, behielt sie in der seinen, sah wie fragend und zugleich bittend zu ihr auf, sie nickte ihm zu und er begann.

Der Morgen dämmerte grau durch die Vorhänge, als Fridolin zu Ende war. Nicht ein einziges Mal hatte ihn Albertine mit einer neugierigen oder ungeduldigen Frage unterbrochen. Sie fühlte wohl, daß er ihr nichts verschweigen wollte und konnte. Ruhig lag sie da, die Arme im Nacken verschlungen, und schwieg noch lange, als Fridolin schon längst geendet hatte. Endlich – er lag an ihrer Seite hingestreckt – beugte er sich über sie, und in ihr regungsloses Antlitz mit den großen hellen Augen, in denen jetzt auch der Morgen aufzugehen schien, fragte er zweifelnd und hoffnungsvoll zugleich: »Was sollen wir tun, Albertine?«

Sie lächelte, und nach kurzem Zögern erwiderte sie: »Dem Schicksal dankbar sein, glaube ich, daß wir aus allen Abenteuern heil davongekommen sind – aus den wirklichen und aus den geträumten.«

»Weißt du das auch ganz gewiß?« fragte er.

»So gewiß, als ich ahne, daß die Wirklichkeit einer Nacht, ja daß nicht einmal die eines ganzen Menschenlebens zugleich auch seine innerste Wahrheit bedeutet.«

»Und kein Traum«, seufzte er leise, »ist völlig Traum.«

Sie nahm seinen Kopf in beide Hände und bettete ihn innig an ihre Brust. »Nun sind wir wohl erwacht«, sagte sie – »für lange.«

Für immer, wollte er hinzufügen, aber noch ehe er die Worte ausgesprochen, legte sie ihm einen Finger auf die Lippen und, wie vor sich hin, flüsterte sie: »Niemals in die Zukunft fragen.«

So lagen sie beide schweigend, beide wohl auch ein wenig schlummernd und einander traumlos nah – bis es wie jeden Morgen um sieben Uhr an die Zimmertür klopfte und mit den gewohnten Geräuschen von der Straße her, einem sieghaften Lichtstrahl durch den Vorhangspalt und einem hellen Kinderlachen von nebenan der neue Tag begann.

Traumnovelle. (1925). Erstmals in ›Die Dame‹, Berlin, 53. Jg., H. 6 (1. Dezemberheft 1925) – 12 (1. Märzheft 1926). Erste Buchausgabe: S. Fischer Verlag, Berlin 1926 (= Textvorlage).

Arthur Schnitzler
Das erzählerische und dramatische Werk

Fischer Taschenbuch Verlag

Arthur Schnitzler

Briefe 1875-1912

Herausgegeben von
Therese Nickl und Heinrich Schnitzler

1047 Seiten. Leinen

Arthur Schnitzler erweist sich ein halbes Jahrhundert nach
seinem Tod als lebendiger Dichter. Sein Werk beschwört mit
einer vergangenen Epoche, einer vergangenen Gesellschaft glei-
chermaßen Grundmächte und nur äußerlich sich wandelnde
Gesetze des Lebens. Erst heute erkennen wir Schnitzlers illu-
sionslosen Ernst und seine unerbittliche Wahrhaftigkeit ganz:
Aus seinen Briefen gewinnen wir ein Selbstporträt und Schick-
salsbild. Der erste Band führt von einem Gruß des Dreizehn-
jährigen an die Mutter bis zu der Vollendung des »Professors
Bernhardi«, dem fünfzigsten Geburtstag und der ersten Werk-
ausgabe, die S. Fischer ihm bereitete. Die Mehrzahl der Briefe
wird hier zum ersten Mal veröffentlicht.

S. Fischer

fi 1123 / 7 a

Arthur Schnitzler

Briefe 1913-1931

Herausgegeben von
Peter Michael Braunwarth, Richard Miklin, Susanne Pertlik
und Heinrich Schnitzler

1198 Seiten. Leinen

Die Briefe sind Spiegelungen, Reaktionen, unerschrockene
Stellungnahmen und Klärungen. Krieg. Krise und Scheidung
der Ehe, Verhandlungen mit dem Verleger, mit Theatern
und Schauspielern (z.B. Elisabeth Bergner). Reisen. Das
schöne Vater-Sohn-Verhältnis zwischen ihm und Heinrich,
die Vater- oder Tochtertragödie: der Selbstmord der noch
nicht neunzehnjährigen Lili. Die tiefe, anhaltende Trauer um
Hofmannsthal. Nicht zuletzt, vielmehr immer wieder: Politik.
Diese Briefe sind geschrieben mit Bedacht auf den Adressaten,
nicht auf spätere Publikation.

S. Fischer

fi 1123 / 1 b

Arthur Schnitzler

Aphorismen und Betrachtungen

Herausgegeben von Robert O. Weiss

*»Nicht so leicht hätte mich etwas so bewegen können,
wie dieses Buch mit einer Auswahl Ihrer Betrachtungen und
Aphorismen... der Rhythmus Ihres Denkens rührt mich
unmittelbar an, und damit das wahre unauflösliche
Geheimnis Ihrer Person.«*
Hugo von Hofmannsthal an Arthur Schnitzler, 29. Dezember 1927

1. Band
Buch der Sprüche und Bedenken
Aphorismen und Fragmente
Band 11805

2. Band
Der Geist im Wort und der Geist in der Tat
Bemerkungen und Aufzeichnungen
Band 11968

3. Band
Über Kunst und Kritik
Materialien zu einer Studie, Methoden und Kritisches
Band 11969

Fischer Taschenbuch Verlag

fi 1072 / 9

Ulrich Weinzierl

Arthur Schnitzler

Lieben Träumen Sterben

Band 13448

Liebe und Tod spielen im Werk Arthur Schnitzlers eine be-
stimmende, zentrale Rolle. »Die Hälfte Ihrer Produktion ist
Thanatos, die Hälfte Eros gewidmet«, schrieb ihm der däni-
sche Kritiker Georg Brandes, »dadurch haben Ihre Arbeiten eine so große Spannweite«. Schnitzler entgegnete ihm: »In dieser
Spannweite hat nicht mehr und nicht weniger Platz als das
Leben.« Zugleich hat kaum ein anderer Autor so penibel über
sich und seine Träume Protokoll geführt wie er. Die Scheu vor
dem Einbruch der Zeitgenossen in seine Privatsphäre war verbunden mit schrankenloser Offenbarungsbereitschaft gegenüber der Nachwelt: Arthur Schnitzler, der gnadenlose Skep-
tiker seiner selbst, wollte posthum erkannt sein. Ulrich Weinzierl beschreibt Leben und Werk vor dem Hintergrund der drei
großen Schnitzlerschen Themen: Lieben, Träumen, Sterben.
Sein Essay ist keine Biographie und auch keine traditionelle
Analyse der Schriften, sondern zielt darauf, den biographischen
Wurzelgrund des Werks zu erkennen.

Fischer Taschenbuch Verlag

fi 1167 / 5

Arthur Schnitzler
Tagebuch 1879–1931

Bisher erschienen:

1879–1892. 488 Seiten
(ISBN 3 7001 1185 1)

1893–1902. 504 Seiten
(ISBN 3 7001 1636 5)

1903–1908. 491 Seiten
(ISBN 3 7001 1906 2)

1909–1912. 460 Seiten, mit einer Einleitung
„Zur Herausgabe von Schnitzlers
Tagebuch"
(ISBN 3 7001 0415 4)

1913–1916. 432 Seiten
(ISBN 3 7001 0601 7)

1917–1919. 428 Seiten
(ISBN 3 7001 0722 6)

1920–1922. 499 Seiten
(ISBN 3 7001 2006 0)

1923–1926. 496 Seiten
(ISBN 3 7001 2119 9)

1927–1930. 510 Seiten
(ISBN 3 7001 2120 2)

(alle Bände broschiert, je S 490,–/DM 75,–)

Geplant für Herbst 1999:

1931 und Gesamtregister. Ca. 500 Seiten

VERLAG DER ÖSTERREICHISCHEN
AKADEMIE DER WISSENSCHAFTEN